【Author】歩谷健介
【Illust.】てつぶた
JN030503
攻略難易度
ハードモードの
地球産ダンジョン
～ボッチが異世界の
少女たちと、余裕で攻略するそうです！～

「ひゃあっ」
風呂場の方から、
驚きのあまり裏返った
可愛らしい声が
聞こえてきた。
ラティア
陽翔が異世界から購入した少女。
サキュバスという種族の女の子で、
陽翔のことをご主人様と呼んで慕う。

「だ、大丈夫か!?」
「あっ――」
急いで駆けつけ、
思わずドアを
開けてしまった。

「半分、私に貸してください。
手伝いますよ」
織部柑奈
おりべかんな
陽翔のクラスメイトで学級委員長。
優しく真面目で人気者な優等生だったが、
とある事情から行方不明になっていて…？

「アタシの風呂上がりの写真使っていいよ？」
逆井梨愛
さかいりあ
明るくノリのいいギャル。
スキンシップが激しく、距離感が近い。
ダンジョン探索士の候補生で、
織部とは親友関係。

リヴィル
陽翔が異世界から
購入した二人目の少女。
ラティアとリヴィルは
夏の夜空を彩る花火に、
目を奪われていた。

良かった……
気に入ってくれたようだ。
新海陽翔
にいみはると
ボッチな高校二年生。
あることがきっかけで、地球に発生した
ダンジョンをラティアたちと一緒に
攻略することになる。

CONTENTS

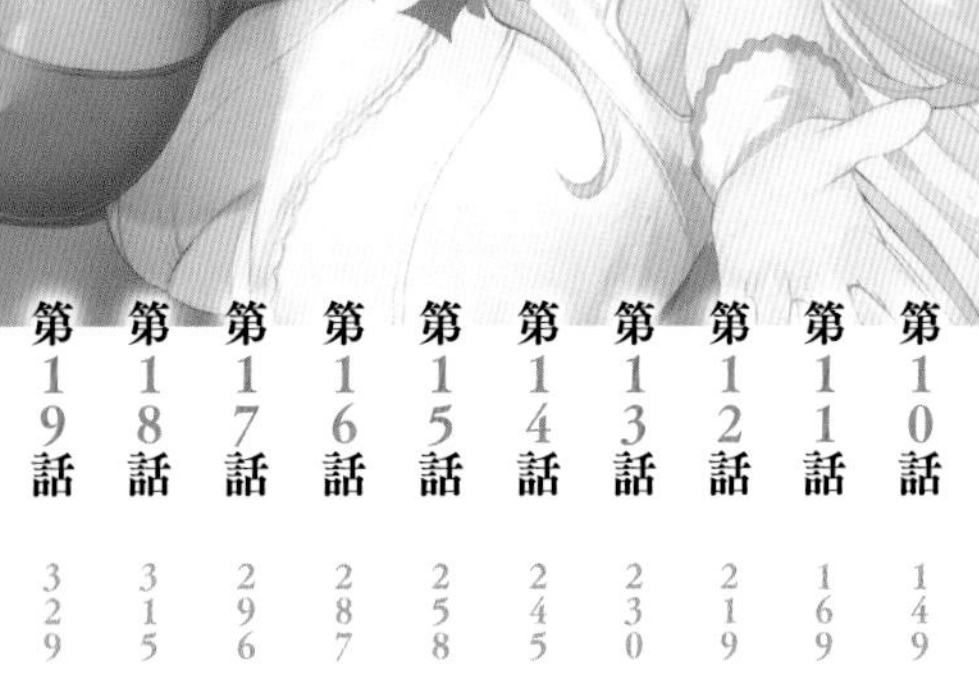

Earth-made dungeon in hard mode!

presented by
Kensuke Hotani × Tetsubuta

～東京魔王～

鎌原や
イラスト／片

モンスターが溢れる世界になり目醒めた能力
【モンスターマスター】を使い最強のモンスター軍団を
育成したら魔王と呼ばれ人類の敵にされたんだが

TOKYO
MACH

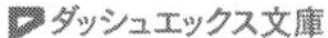

攻略難易度ハードモードの地球産ダンジョン

～ボッチが異世界の少女たちと、余裕で攻略するそうです!～

歩谷健介

プロローグ

『ダンジョン』

その存在が最初に確認されたのは、日本の首都・東京だった。

異空間へと通じる入口が各地に現れ、その中には異形のモンスターが生息。森に似ていたり、あるいは洞窟ソックリの見た目をしているなど、内部は千差万別の作りであることが報告されている。

その出現報告は全国へ広がり、やがて世界へと拡散した。

困惑と衝撃と共に取り上げられたダンジョンだったが、その内部に資源がある可能性が判明するや、世界はダンジョンの有効活用を画策し始めた。

だが、ダンジョン出現からおよそ4カ月。

各国が調査を進め、いよいよ攻略に乗り出すと、風向きは一変した。

『世界初のダンジョン攻略国』の栄誉を得るために送り出した各国の組織や部隊は、悉く攻略に失敗。

ある国に至っては、甚大な被害を出すことになった。

世界最大の軍事力を誇る国でさえ、攻略不可能。

その事実に、何かがおかしいと、誰もが困惑した。


出現より4カ月目。

とある大国と、その国に協力的なある国が、共同でダンジョン攻略達成の声明を発表。

当然、世界中に衝撃が走った。

だが……。

『これが、我が国がダンジョンを攻略した証だ。モンスターを捕獲し、手懐けた』

そうした趣旨の報道が、世界各地で中継された。

ところが、その現場でモンスターが暴れ、人々を襲い出した。

阿鼻叫喚に包まれる現場を目の当たりにし、事ここに至って世界は気づく。

攻略などしていない。

モンスターは、ただダンジョンから溢れ出てしまっただけ。

皮肉にもこの報道が、世界各国にダンジョンを放置することの危険性を知らしめたのだった。

そして、出現から6カ月。

方針や体制を整えた日本も、いよいよダンジョンの問題解決に向けて動き出す。

それが、ダンジョン探索士（たんさくし）、という資格の創設。

今までの調査で得た情報をもとに研修カリキュラムを組み、講習、訓練を重ねて、ダンジョン攻略のエキスパートを養成するというものだった。

探索士には、国からの全面援助が約束される。

年齢要件を除き、応募資格は不問。

経歴書をもとに、見込みアリと判断された者が、研修に参加できる。

その第一期研修生の募集定員は千人だったが、百倍の十万人が応募。

そして――今日、その合否通知書が発送される。

そう、きっと我が新海（にいみ）家のポストにも合格通知が……！

「――あ、落ちた」

第１話

『奴隷　10代女性：２００００ＤＰ
詳細：魔法使用可能・スキル所持・戦闘不慣れ・異種族
特筆事項：容姿は端麗だが、長期間売れ残り。栄養不足で、痩せ細り』

「こんなものまで売ってるのか……」

俺――新海陽翔の目の前には、一見普通のネット通販らしき画面。

だが、そこに表示されている商品が、常識的ではないサイトであることを示していた。

『薬草』『石ころ』『鍋の蓋』『割れた花瓶の残骸』『ポーションⅠ』……

普通の通販であれば、まず売られていないであろう品物。

仮に売られていても、冗談だと一目でわかる。

並んでいる品数は全部で10にも満たない。

だがそれとは別に、その最後には――。

『傭兵：10代男性』『家事代行：40代女性』……

『奴隷：10代女性』『奴隷：30代男性』

と、他の商品と何ら変わらぬ記載のされ方で、人がラインナップ入りしていた。

「……やっぱり、織部はまだ〝始めの町〟をブラブラしているレベルってことか」

その品数の少なさを見て、俺は改めて先日の件を思い出す。

今手元にある、このＤＤ──ダンジョンディスプレイと。

そして画面の右上に表示されている『ＤＰ：５２３００』──５２３００ダンジョンポイント。

これは、昨日、織部が俺との協力関係の対価に、くれたもの。

こういうチートみたいなものは普通、神とか自称女神様がくれたりするものだが、俺の場合は同級生だった。

まあ、ある意味女神、と言ってもいいのかもしれない。

そんなことを考えていると、昨日あったことが思い出された。

「おーし、お前らー、夏休み入るからって浮かれるなー。各教科の課題はちゃんとやっとけよ？　俺が後で先生方に怒られるんだからなー」

やる気のなさそうな担任の声が教室内に行き渡る。

夏休み中の注意事項などを、先生は淡々と告げていった。

「……後、ウチのクラスは確か……そうか、木田か。——木田、ダンジョン探索士に選ばれたんだってな。おめでとさん」

……全く祝う感じのない、抑揚を欠くおめでとうだな。

「夏休みだし学校への用事はないとは思うが、今後課題とか勉強とか、まあ進路のことでもいい、困ったことがあれば先生たちに言え。可能な限り相談に乗るから」

「マジっすか⁉　うっひょおぉ～‼　あざっす！　遠慮なくゴチになります‼」

「……訂正しておこう。タカるだけなら校長先生とかにしろー。薄給な俺を頼っても、金は出せないからな、気をつけろー」

教室内に笑い声が上がる。

……しかし、俺は上手く笑えなかった。

それは単に、未だクラスに馴染めてないだけではなく。

自分が落ちた資格に、他の誰かが受かっているという事実を自覚させられたからだ。

口の中に苦味が広がるのを感じ、その後の連絡事項が右から左へと流れていく。

ただ——

「……それと、これは真面目な話な。これから夏を楽しもうってお前らに水を差すようで悪いがこれは言っておかないとならん。——織部はまだ見つかってない」

その一言で、一気に思考が引き戻される。

教室内も、水を打ったようにしーんと静まり返った。

先生もそれを確認して話を続ける。

「捜索が打ち切られたって話もあるが、親御さんは今も心配していらっしゃる。どんな些細なことでもいい。見かけたり、情報を得たって奴は夜中だろうとかまわん、俺に一本連絡くれ」

その真剣な様子が伝わり、黒板に書かれた連絡先を改めて各自、真面目に書き写していた。

織部柑奈。

クラスメイトで、委員長を務めていた。

真面目で明るく優秀な美少女で、冗談が通じる気さくな性格もあって誰からも好かれていた。

下級生上級生、先生生徒の別なく好感を持たれていたそんな彼女が失踪。

一時は学校から明るさそのものが消えたように皆が沈んでいたくらいだ。

「じゃあな。お前ら、気をつけて帰れよー」

ホームルームを終え、誰よりも早く立ち上がって教室を後にする。

他の生徒たちはさっき静まり返ったのが嘘のように、夏休みの予定を楽しげに話し合う。

だが俺は、まださっきの織部の話を引きずっていた。

「ふうう……暑い。暑すぎだろ……」

外に出て夏の暑さを肌で感じながらも、頭では別のことを考えていた。

ボッチでいることの多い俺にさえ、分け隔てなく話しかけてくれる、あの真面目で優しい織部が、なぁ……。

　アイツは今頃どこで、何をしているんだろう。

　だが自分が思い悩んだところでどうなる。

　警察が捜しても見つからなかったんだから……。

　俺はそんな考えを追い出すように頭を振り、ある所へと向かう。

　意味ない思考とこの暑さを、同時に忘れられるとっておきの場所だ。

　そこは、ボッチの自分だからこそ見つけられた、一時でも気を紛らわせることができる、お気に入りの場所。

　それは神社が所有する裏山だった。

　参拝に訪れた人がついでに足を伸ばせるよう、山も立ち入り自由。

　だが今となっては神社そのものが廃れ、人が来ることも殆どない。

　自宅からも徒歩で行ける場所にあり、気軽に訪れることができた。

「ふぅぅ……あぁぁ、涼しい」

　木陰に入ると、時折吹く風が心地よい。

　誰も通らないから一人でゆっくり過ごせて、秘密基地にいるみたいな気持ちになれる。

　そしてたどり着いたそこで、俺は、

「へ～んしん‼　マジカルブレイブ、メタモルフォーゼ‼」

痴女に出くわした。

「キュアっとクールに悪と戦う、魔法少女、ブレイブカンナ‼　悪い子は、お仕置きだぞ、ズッキュン‼」

違った。

目の前で超常の力を使って、痴女みたいに肌面積の小さい格好に変身した、クラスメイトに出くわした。

白を基調としたタイツみたいなもので、服と呼べるかすら怪しい。

マントがある分、余計に怪しさというか痴女さが増している。

彼女はもっとお淑やかで、でもリーダーシップがあって誰からも好かれる人気者だったはず。

なるほど、暑さのせいだろうか、少々頭がおかしくなっている模様。

……なんだ、痴女で間違ってなかった。

「……えっと、織部？」

「ふぇ⁉　――な、な、に、新海君⁉　何でここに⁉　っていうか、今の見られた⁉」

「いや、それはこっちのセリフなんだけど、完全に」

そう、『何でここに？』は、普通なら絶対に、俺が彼女に言わないといけないセリフなのである。だって。

「――織部、失踪したんじゃなかったのか？」

今目の前にいる、織部柑奈は、先ほどホームルームでも話題に上がったように、行方不明になった少女なのだった。

石造りの階段に移動して隣り合って座る。

少し距離を離すことも忘れない。

未だに織部は「これは夢に違いない……変身で一瞬裸になるシーンなんてなかった。それを見られるなんてことも……夢だ」と光のない瞳で呟いていた。

しばらく気まずい雰囲気が漂ったが、やがて織部は観念したように少しずつ語りだした。

「なるほど。つまり、異世界に召喚されていた、と」

要約すると、異世界に呼ばれて、勇者をやれと言われているらしい。

そして今は、特例で一時的に戻って来ている、と。

この期間に、地球でやり残したことを片付けてこいというわけだ。

「うん……それで、あの先にある――」

織部の視線が50mほど先の山肌に向けられる。

「ダンジョンを、攻略した、と」

「……はい」

この裏山には俺が知る限り二つのダンジョンが生成されていた。

そのうちの一つを、今横で縮こまっている織部は、攻略したのだ。

勇者の力の確認を兼ねての腕試し程度で攻略しちゃったらしい。

ようやくこの夏休み期間に合わせてダンジョン探索士たちの講習が始まる、と今朝テレビでやっていた裏で、だ。これが世間に知られれば世界的なニュースになるだろう。

しかし、織部はそんなことには興味がなかった。

「あ、あはは。あの、えっと、私、異世界でちゃんと頑張ってきますから」

なぜこうまで強い想いを持って、異世界に目を向けられるのかと言えば、このダンジョンの問題を解決する糸口が異世界にあるから。

織部が自分を召喚した奴から知らされた限りでは、異世界を救うこと＝地球のダンジョン問題を解決することらしい。

だからこそ、彼女は誰にも知られずとも、凄いことだと褒められずとも、異世界へと単身で乗り込む決意ができたのだ。

『――新海君、一人ですか？　……それ委員会の仕事ですよね？　荷物半分、私に貸してください。手伝いますよ』

いつの日だったかの記憶が勝手に頭に浮かんできた。

『いや、いいって。……一人で運ぶの、俺、実は凄い得意だから、何なら特技と言っていいくらい』

『〝一人で運ぶのが特技〟って何ですか⁉　そんなこと自慢げに言わないでください！　……ほらっ、もうつべこべ言わず』

個人的に付き合いがあったわけでもないし、それに頼んでもいないのに。

いつも通り一人で仕事する俺へと勝手におせっかいを焼く。

そんな生真面目さや押しの強さに、俺は幼い頃から理由なく続いていたボッチを貫いて遠慮する時もあったが、それで助けられた奴が大勢いるのも事実だった。

今となっては懐かしい思い出だ。

「――最後に、新海君に会えてよかったです。誰にも会えず、知られず、異世界に戻ると思ってたので、勇気が出ました‼」

「そうか……何か俺にできることが、あればよかったんだけどな」

織部の声には誰に知られずとも、この世界のために頑張るんだというやる気に満ちていた。

そんな織部を本当に尊敬できるし、少しでも力になれればと思う。

そうした気持ちから出た言葉だった。

そして……。

「……あの、そう言っていただけるのなら、一つ、お願いしてもいいですか？」

これで終わり、ではないらしい。

「——これで、時折必要なものを送ればいいと？」

手渡された、転送機能付きディスプレイを見て確認する。

「はい、それで私と連絡が取れます。それと新海君のできる範囲で、ダンジョンを攻略していってください」

織部が言うには、このマジックアイテムでこちらから物資などを彼女に転送できるらしい。

逆に、俺が異世界から何かを転送してもらうことも可能。

ただ連絡を取ることも含めて、それら全てにＤＰ——ダンジョン攻略で得られるダンジョンポイントが必要とのことだった。

「『ＤＰ：５２３００』が今のポイントか……」

ボーナスポイントも含めて、織部が獲得したダンジョンポイント。

それがＤＤ——ダンジョンディスプレイに表示されている。

「新海君が異世界から取り寄せられるアイテムリストは、私の攻略度に依存しますので」

「ああ……要するに、俺がＤＰを貯めるのも、巡り巡ると俺のためにもなる、ってことだな」

織部が頷いた。

つまり、俺がやることは基本的には織部が異世界を救う――攻略していく手伝い・サポートだ。

連絡を取って、必要な物資を送る。

それにはＤＰを使う。また異世界から何かを取り寄せるのにもＤＰを使う。

だから俺はダンジョンを攻略する。

全て、今回織部がダンジョンを攻略して得た報酬――ＤＤを介して行える。

俺がダンジョンに立ち向かう際には異世界から何かを取り寄せて、それを利用すると、攻略できる可能性がグッと上がる。

そうすれば、よりダンジョン攻略もはかどり、ＤＰも貯まる。

ＤＰが貯まれば織部へと沢山良質な物資を送ることが可能に。

それが、織部が異世界を救う・攻略するペースを上げる。

そして、それは俺が取り寄せられるアイテムリストを更新することに繋がり、買える物が増えることを意味し。

また最初に戻り、ダンジョン攻略もし易くなる――こういう循環を想定している。

「はい――……異世界に戻る前に、新海君に見つかっちゃって、本当に良かったです」

今できる話を全て伝え終えると、丁度それを見計らったように、織部の周囲が神秘的な光に包まれ出した。足元には何かの魔法陣が浮かび、淡い灰色の光を帯びる。

再召喚されるのだろう。

「なるほど、織部はやはり痴女か。俺に見つかって嬉しいなんて」

一時の別れを惜しむかのように、そうしたからかいの言葉が口をついて出る。

「も、もう‼　ですから、私にあんなエッチな服を積極的に着る趣味はありませんってば‼」

本人もかなり卑猥な格好をしている自覚があるらしい。

顔を赤らめて怒ってみせる。

「そのＤＤ……願っても、渡す相手がいなければ、使い道がないものでした。誰にも知られず、行くつもりでしたから」

ダンジョンディスプレイ。

これも元は、願いをできる限り反映する結晶みたいなものだったらしい。

それを織部が、サポートに適したアイテムに変わってほしいと無意識に願い、この姿になったのだ。

「ああ」

「でもやっぱり、どこかで寂しさみたいなのはあったようです」

どれほど強い気持ちを持っていてもなかなか拭いきれないその気持ちが、願わせたのだろう。

「だから、渡す相手ができて、しかもそれを見つけてくれたのが、新海君だったこと……本当に嬉しかったですし、感謝してます」

「気にするな――今生の別れでもないんだろう?」

なんだか話が湿っぽくなり過ぎてると感じたので、茶化すようにそう言った。

「フフッ、そうですね――では、これから、よろしくお願いします。新海君」

そう言って花が咲いたような笑顔を浮かべ、織部は光の中に消えていった。

そうして、今日、『奴隷:10代女性』といった項目が並んだ画面を眺めるに至る。

今あるのは全て織部が譲ってくれたＤＰだ。

それを即座に高額商品、特に人へと使うのは躊躇われた。

なので――

「まずは、自分でダンジョン攻略して、ＤＰ稼ぐか」

俺は、今朝方あった織部の連絡を思い出し、その中で話されたアドバイスを元に指を動かす。

「『薬草』２００個と『ポーションⅠ』を25個っと……」

そうして５０００ＤＰ分を、購入カートに入れた。

第2話

冷蔵庫から1枚の葉っぱを取り出す。

今の季節、山や公園に行けば、どこにでも落ちてそうな葉緑素たっぷりのギザギザ葉っぱだ。

それを調理するでもなく、味をつけるでもなく、口へと放り込む。

そしてヤギの如くむしゃむしゃと噛み締める。

「あむ……むにゃ……うぇぇ、まじぃ」

苦み100%の激マズエキスが口いっぱいに広がる。

だがこの不味さ・苦みはこの世界のどこを探しても味わえない独特のものだ。

全てを噛み砕いて飲み干したにもかかわらず、舌の上には苦みが残る。

そして喉はこれ以上の激マズエキスの摂取を拒み、えずいた。

「マジで苦行だ……」

これが強くなるための修練だとしても、なかなか耐え難いものがある。

俺は定期連絡にて受けたアドバイス通り、既にこの苦行を3日続けていた。

『ダンジョン攻略のカギは、どれだけ体を異世界のものに慣らせるかです』

ＤＤの通信機能を使っての織部との定期連絡。

その画面の向こうで、織部はそうアドバイスしてくれた。

『モンスターを倒して経験値を得たり、あるいはそもそも異世界産のものを食べる、とかか』

画面での織部はタイムラグが生じることなく俺の言葉に頷いた。

ＤＤの右上には『ＤＰ：５２１２７』と表示されている。

そして一秒毎に、右端の数字が一つ、また一つと減っていく。

この連絡自体も、ＤＰを消費する。

国際電話で一秒毎に、通話料がかかってるんじゃないかと焦るのと同じような感覚だ。

『体に、異世界エネルギーを沢山蓄えてください。絶やさず、常に。細胞が異世界産のものに適応するように』

異世界産のエネルギーに慣れることが、モンスターとの戦闘に大きな意味を持つらしい。

俺はその通信の後、即座に『薬草』と『ポーションＩ』を大量購入した。

そして、1時間ごとに薬草を1枚。

ポーションは8時間につき1本空けている。

時計を見ると、丁度お薬の時間。

俺は冷蔵庫から丸底フラスコを取り出す。

中には赤い液体が溜まっている。

「うぎゅ……感想も出ない程のマズさだな、これも」

確かに酷い味だが、体の疲れは自然と取れている実感がある。

後はこれを4日、継続する。そして——

「ダンジョンに挑戦、してみるか」

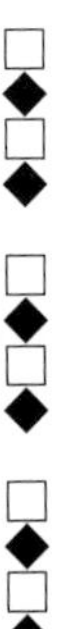

「……んんッ」

何もないはずの空間から、音がした。

目覚ましとは違って、何かの受信を告げる音だ。

既に夏休みに入って1週間が経つ。

親も仕事が忙しく海外に飛んで、家には殆どいない。

誰に憚ることなく眠っていたが、その音を耳にすると、自然と目が覚めた。

「——織部か」

手元に来いと念じると、何もない空間から幅15cm前後、縦の長さが25cmぐらいのディスプレイが現れる。

この起動や操作にも慣れ、すぐにホーム画面を呼び出すと、一件の通知が届いていた。

『近いうちに、転送してほしい物をお伝えするかもしれません』

簡素な内容だったが、メール機能を使う場合はこんなものだ。

織部は俺が今保有するＤＰができるだけ減らないようにいつも気を遣っている。

元をたどれば、この約５万ポイントのＤＰを稼いだのは織部自身なのだが。

「ふむ……」

内容を確認しても、返信は送らない。

それにもＤＰがかかると、織部が以前、言い添えていた。

よっぽど緊急だったり定期連絡の時だったり、そういう時はキチンと通話機能を使ってくる。

だから俺も、必要以上には連絡したりしない。

「……起きるか」

ＤＤを再び何もない空間へと戻し、ベッドから起き上がる。

もう魔法や不思議現象が存在する、ということについては完全に信じていた。

ダンジョンが出現してからというよりは、織部の変身シーンを見た時からだな。

制服が一瞬で弾け飛び、瞬く間に痴女も驚く布面積の衣装にチェンジする織部。

「……うん、いろんな意味で凄かった」

『ただ今より、開所式・入所式が始まります。第１期生となるダンジョン探索士候補生たちは、この後、防衛大臣からの言葉を頂いてから、各自、自分の部屋に入って――』

「ふ～ん……」

点けたテレビでは、ニュースをやっていた。

ダンジョン探索士の候補生たちが今日、講習・訓練施設に入所するらしい。

4枚切り食パンをかじりながら、500mlパックの牛乳を直接、注ぎ口から飲む。

そして最後に葉っぱを1枚。

「うっぇ、マジぃ……」

全てを台無しにするこの不味さ。

だが、この不味さが、最近癖になってきた。

「――あ、確か5組の」

体育館のような場所で、並べられたパイプ椅子に腰を下ろしていた候補生。

そこを映し出した映像に、チラッと知っている人物が。

「あれって、確か織部の親友じゃなかったっけ……受かってたのか」

まあだからといってどうということはない。

俺には多分、関係ないだろう。

リモコンの電源ボタンを押して、テレビを消す。

そして冷蔵庫を開け、いつもの一本をグビッとあおる。

「ぷっはぁ‼　マズい、もう一本‼」

口の端から零れる赤い液体を手の甲で拭う。

そして気合いを入れ直す。

「――さて、行きますか」

□◆□◆　□◆□◆　□◆□◆

「ふぃぃぃい、あっちぃ……」

額から流れる汗を、手の甲で拭う。

何もしなくても次から次へと垂れてくる。

この暑さ、気をつけた方がいいな。

今はまた、あの秘密の場所――裏山に来ていた。

だが前回と違うのは、石段を上った先に今回の目的地があるということだ。

「ふぅ。着いた」

背負っていたリュックを下ろしてタオルを出す。

汗を拭いながら、木陰に移動した。

そして確かここら辺に……っと。

「よし、捨てられてなかったか」

見るからにちゃっちい〝ひのきの棒〟。

そして金属バットの一撃で吹っ飛ぶ〝鍋の蓋〟を拾う。

一応ＤＰを払って購入した武器と防具だ。

……まあその性能は二つ合わせて50ＤＰってことから推して知るべしだがな。

これを昼間っから引っ提げてここに来るのは抵抗があったので、事前に隠しておいた。

ここは神社の境内である。

もう管理する人がいなくて廃れているらしいが。

……参拝する人がいなくなった神社は、どこも似たり寄ったりなんだろうな。

ボロボロになった社へ続く木の階段、その下に不思議な感じのする穴があった。

「――休憩したら、いよいよダンジョンに、とちゅにゅうだ‼」

気合い入れるための声出しだったのに……噛んだ。

死にたい。

「うっわ、ダンジョン滅茶苦茶ダンジョン……」

自分でも興奮してるのか、意味のわからない感想を口走っていた。

思い切って穴に入ると、絶対そんなスペースはなかったはずなのに、幅５、６ｍ、高さ３ｍ程の洞窟になっていた。

そして何故か明かりもないのに、視界も確保されている。

随分親切なものだ。

ダンジョンは日本で確認されているだけで1000を超える。

潜在的なものも含めるとその5倍はあると言われており、一つの県で100はある計算だ。

更にまだまだ増え続けているために、実質見つけても立ち入りの禁止を徹底できていない。

「だから、こうして俺や織部みたいに入れる奴が出てくるってわけだが……」

ここは外から見たら神社の真下——つまり地面の中なのに、息苦しくもない。

「そうなると、ダンジョンが攻略できない理由って……ダンジョンそのものというより、中にいるモンスターが原因なのかな……ってうぉ⁉」

「プッキィ‼」

「ポッキィ‼」

で、出たっ⁉

30m程歩いたところで、とうとうモンスターがその姿を現した。

しかも2体。1体はドングリみたいな図体。

もう一方は枝がそのまま手足を生やしたみたいな生き物だ。

どちらも50㎝くらいで、明らかに普通の生物とは一線を画する存在感を放っていたが、

「——だ、大丈夫……今まで織部のアドバイス通り修行を続けてきた。あの苦行を、俺は乗り

越えたんだ!!」

枚数にして170枚の薬草!!

本数にして22本のポーション!!

これを1週間で胃に収めるのがどれほど辛かったか!!

俺は、その気持ち全てをぶつけるようにして思いっきり駆けた。

「俺は!!　フードファイターじゃねぇええええ!!」

ひのきの棒を力いっぱい握りしめ、似非ドングリに振り下ろした。

「プッギィ!?」

当たった!!

そしてダメージも与えている!!

それを示すように、似非ドングリは攻撃を食らって仰け反ったようになっていた。

「ポッキィ!!」

仲間を庇うように、枝野郎が襲いかかってくる。

「お前もポッキリ言わしたろかぁぁぁぁ!!」

返す刀で、ひのきの棒を横薙ぎにする。

これも命中。そして似非ドングリ同様に仰け反った。

「プギッギィ!!」

すると今度は仰け反りから回復した似非ドングリが俺へと向かってくる。

「お前も蠟人間（ろうにんげん）にしてやろうかぁぁぁ‼」

またヒット。次いで仰け反り。

そしてはたと気づく。

「ハマった‼　うらぁぁぁ‼」

片方が仰け反ったら、もう一方を攻撃。

片方が回復したら、もう一方が仰け反っている間に攻撃してまた仰け反らせる。

それを繰り返して行うことができた。

「しゃぁぁ！　うらぁぁ！　浦島（うらしま）が来るまでいじめられていた亀（かめ）の気分がわかったか⁉」

この時、純粋に〝勝った〟と思った。

織部を除いて初めて、ダンジョンでモンスターを倒した人間になるんだ。

その喜びが沸々（ふつふつ）と湧（わ）いてきた。

――だが俺は、その自分の甘さを後悔することになった。

「……あの、そろそろ、やられて、くれませんか？」

接敵（せってき）から1時間。

未（いま）だに殴り続けている。

「これは、あれだ、〝ダメージ1〟しか入ってないやつだ……」

ダメージが入ってる感覚はあるんだ。
ただそれが微量なだけ。
息も絶え絶え。
ここまで盛大に暴れているのに、他のモンスターが来ることはなかった。
ということは、このダンジョンはこの2匹で全部。
奥は、行き止まりであるのを示すように、光源が尽きていた。
だがここで止めることはできない。
止めると、仰け反りがなくなり、攻撃を受けることになる。
それに何より、ここまでやったのにぃぃぃ‼　という意地。
この二つが、棒のようになる腕に、ひのきの棒を、振るわせた。
……ちょっと上手いこと言ったかな。
——更に30分。
「はぁ、はぁ、お前ら、やるじゃねぇか……」
——また追加で15分。
「こひゅー……こひゅー……」
——そして、10分後。
「ポッギィイ——」

一匹が死んだ!!

「残るは、お前、だけじゃぁぁぁ!!」

残る気力を振り絞り、似非ドングリを殴り続けた。

――5分後。

「プッギィィ――」

倒した、のか……。

一度もダメージを受けなかったのに、俺はもう疲労困憊だった。

あっれぇぇぇ……。

異世界産の、薬草170枚と、ポーション20本ちょっと飲み食いして、これ?

もう一度同じことをやれと言われたら、俺はもう嫌なんだけど。

〈Congratulations!!　――ダンジョンLv.1を攻略しました!!〉

場違いなほど呑気な機械音が流れた。

〈最奥の間にて、攻略報酬をお渡しします!!〉

いや、ちょっと、ゴメン、後にして……。

心臓が痛い。怪我など一つもしてないはずなのに満身創痍。

これはアカン……。サポートしてくれる人、呼ぼう。

第3話

「あぁぁぁぁ……」

ソファーにうつ伏せになり、変な声を上げて存分に休む。

窒息寸前になるまで顔を上げない。

ってか、こうしないと体が怠くて怠くて、体ダルメシアン。

「嫌だー、ダンジョンちょー嫌だー」

足をバタバタ。

あれから2日経った。

何もせず、2日経ったのだ。

それくらい、一昨日の一件は俺に、目には見えないダメージを与えていた。

「はぁぁぁぁ……」

重い溜息をつき、ＤＤを呼び出す。

右上には『ＤＰ：７３９１８』と表示されているが、全く高揚感というか、沸々と高ぶる気持ちみたいなのがない。

……だって、たった2体倒すのに2時間近くかかってんだぜ？

他のダンジョンでも出てくるモンスターが2体だけという保証はない。

しかもそれまでの準備がまた大変だっただけに、そのあんまり報われなかった感は凄い。

モンスターを倒したことやダンジョンを攻略したこと自体が偉業じゃないかと言われても、この感覚はやった者にしかわからないのだ。

〈称号……〝ダンジョン攻略2番目〟：20000Grade　獲得〉

あの後じっくり30分かけて休み、最奥の殺風景な間へと進んだ。

そこで、台座のような物がある所に向かうと、周囲でポゥっと光が灯り、その台座へと集まっていった。すると、また何もないところから声が聞こえてきたのだ。

〈称号……〝男性で初めてダンジョンを攻略〟：20000Grade　獲得〉

〈称号……〝単独攻略〟：4000Grade　獲得〉

〈称号……〝ノーダメージ〟：4000Grade　獲得〉

〈称号……〝1ダメージ縛りを行く者〟：1500Grade　獲得〉

〈称号……〝アイテム使わず〟：500Grade　獲得〉

〈称号……〝魔法を使わず〟：750Grade　獲得〉

〈称号……〝スキルを使わず〟：750Grade　獲得〉

その後もしばらく声が続いたが、ぶっちゃけ殆ど覚えてない。
そして最後に、こんな選択肢が出た。
『当該獲得Ｇｒａｄｅを、どうしますか？　⇓〝ＤＰに変換〟or〝　　〟』
空白の方は選びようがなかったので、普通にＤＰに変換した。
〈合計……２７０００ＤＰ　獲得しました〉
大体織部の半分。
それが俺の手持ちに加わって、７万以上のＤＰ保有となっている。
……もう７万超えたんだし。
……自分で２万以上稼いだんだし。
そんな考えが思い浮かび、バッと起き上がる。
「い、いいよな……雇ってみても」
俺は手に収まっているＤＤの画面を、震えながら操作していく。
そして――
『傭兵　10代男性：１１００ＤＰ
詳細：雇用期間１週間　戦闘経験無し　人族
特筆事項：村の若者。運動能力は高いものの、気が早く、やり取りに苦労することも』

『家事代行　40代女性：1300DP
詳細：雇用期間1カ月　人族
特筆事項：子供が6人で家事が得意。ただし腰痛持ち。休息を挟みながらの雇用を求む』
『執事　60代男性：頭金3000DP
詳細：雇用期間――　人族
特筆事項：子爵家での勤続経験あり。欲する期間、雇用を継続することが可能』
「そうそう。これだこれ……」
画面上には〝Isekai〟というサイト名が。
どこかの世界的通販サイトの二番煎じっぽい名前だが、気にしない。
書かれている内容に目を通していく。
どれも、俺の今のDPなら余裕で購入可能だ。
ただ〝雇用期間〟というものがあって、それぞれ一定期間が記されている。
つまり〝傭兵〟さんなら〝1週間1100DP〟で雇える権利が買えるってことだろう。
それを考えると、〝家事代行〟さんの方がお得のようにも思える。
「でも、家事代行が必要ってわけじゃないしな……」
俺が求めてるのはダンジョン攻略の際にサポートしてくれる人である。
それを思うと子供と腰痛持ちの40代女性はなかなかにギャンブルだ。

「でも執事って感じでもないしな……やっぱ〝傭兵〟さんかな……」

歳も近そうだし、コミュニケーションに難ありだが、充分働いてはくれるだろう。

じゃあ……ん？

そこで、ふと気づく。

今まで見ていた3つ全てに、同じ赤色の文字がついていた。

〝SOLD‼〟

「何だよ、今までの検討時間返せっ、クソッ‼」

じゃあ無理じゃねえか……。

また一人で、あの地獄のモンスター殴打耐久レースすんの？

嫌だぁぁぁ、マジで嫌だぁぁぁ……。

「……ん？　あっ、そう言えば——」

『奴隷　10代女性：20000DP

詳細：魔法使用可能・スキル所持・戦闘不慣れ・異種族

特筆事項：容姿は端麗だが、長期間売れ残り。栄養不足で、痩せ細り』

まだ売り切れを示す赤い文字がない項目があった。

そしてそれは、まさに俺が求めていた戦闘向きの相手なのだとわかる。

「良かった……まだ残ってる」

その商品を、恐る恐るタッチしようとする。

本屋でちょっと破廉恥な二次元キャラが描かれたマンガを、レジに持っていくみたいなドキドキ感がある。

別にR－18ではないはずなのに、なぜか店員さんの目を気にする、あれに似ている。

「ち、違うから……ただダンジョン攻略の戦力として、他人の力を借りたいだけだから……」

……とは言いつつもWEB小説とかよく読むが、やっぱりちょっと憧れはあるんですよ。

可愛い、綺麗な女の子が、自分のことを慕ってくれる。

そして一緒に胸躍る冒険をして、絆を深めていく、みたいな。

でも勿論、主目的は、あの二日前の壮絶な徒労感。

あれを打開するためには、何か手を打たないといけない。

本当なら、お試し的に〝傭兵〟さんとかがベストだったんだろうが、売り切れだしな……。

「うん、まあしょうがない‼　購入分のDPも自分で稼いだしな‼」

魔法も使えるって書いてあるし、容姿も整っているらしい。

他のことも俺にとってはマイナスにはなりえない。

戦闘不慣れでも、サポートとかしてくれればいい。

役割分担で、俺が前衛になれば問題ないし。

「なので、この子を買いま～～～～～」

——ビビビッ

「うぉおっ、違う違う、まだ買ってない‼　まだ買ってないよ⁉」

『………新海君？　今、いいですか？』

織部からの連絡だった。

焦ったぁ……。

「お、おお、織部か。うん、全然大丈夫。問題ない」

『……何か焦ってません？』

クッ、あんな卑猥な衣装に変身するところを俺に見られたドジっ子のくせに‼

なぜ変なところで鋭い‼

『にぃ～みく～ん？』

ＤＤの画面に映った織部の目がスッと細められる。

……そんなジト目で睨まなくても。

「どうした？　何かあったのか？　こっちは何もないぞ」

『絶対私のこと、変態とか、露出狂とか、考えてる目でした』

……チッ、勘のいい子は嫌いだよ。

しばらく追及の眼差しが続いたが、知らぬ存ぜぬを貫く。

「で、どうした？　緊急だろう」

『……はぁ、そうですね、ＤＰもただじゃありません』

一つ溜息を吐き、諦めてくれた。

ふぅう。

「えっ」

驚きで物凄い声が出てしまった。

俺ってこんな声が出せるんだ。

17年も生きてきて今更ながら、新たな発見である。

「ゴメン……もう一回言ってくれ」

流石に聞き間違いかと思い、申し訳ないがもう一度言ってくれるようお願いする。

俺の返答に、画面越しでもわかるくらい、織部はその小さな顔を真っ赤にした。

『ううう……これ、お願いする方も、凄い、恥ずかしいんですよ？』

「スマン……だが、もう一度頼む」

『わかり、ました……』

俺の誠意が伝わったのか、織部は未だゴニョゴニョ言いながらも、口にしてくれた。

『私の服や肌着、靴下などを……買って、送ってもらえますか？』

「………」

俺は再び思考停止。

これはあれか、俺をからかってるのか。

「悪い、もう一回……」

『もう‼　新海君、わざと言ってませんか⁉』

とうとう織部が怒った。

……織部って表情豊かな奴なんだな。

他のクラスメイトは殆ど知らないだろうこんな顔を見て、怒られてるのに何だか嫌な気分ではなかった。

「いや、そんなことは……」

むろん、わざと言ってるわけでは決してないので、そこはきちんと弁明しておく。

『絶対嘘です！　新海君、私をからかって遊んでるんです‼　新海君の目が言ってます‼　〝織部は変態だから、そういうエッチな感じの言葉を言わせてからかってやろう〟って‼』

流石にそこまで言われると濡れ衣である。

だが織部自身にも、自分が変態だと見られている自覚はあるのか。

……まあ、毎回変身するのにあんな痴女みたいな格好すんだもんな、それも無理はない。

「いや、普通驚きもするだろう。服までならまだしも、その、何だ……異性の、下着を買って送ってほしいって言われれば」

俺の言い分を告げても、織部はなおも涙目。

本当、コロコロと表情が変わる奴だな……今まではこんな一面、全く知らなかった。

『だってしょうがないじゃないですか⁉　異世界の服、全然慣れないんです‼　胸のサイズとか、お尻の大きさとか、そういうの凄い雑なんですよ‼』

い、いや、だからね、織部さん。

そういうことは俺相手にぶちまけられても困るんだけど。

『それに、頼れるの、新海君しかいないんです‼　私の秘密を知ってるのも、その上で頼れるのも……新海君しか……』

ううう……そこまで言われると。

まあ、協力する、って言ったし。

「はぁぁ……わかった。どういうのがいるのか、後でメッセージに書いて送ってくれ」

直接面と向かって説明するよりはまだマシだろう。

『本当ですか⁉　ありがとうございます‼　あの、その……』

返事を聞いた織部は嬉しそうに笑顔を浮かべながらも、視線をそわそわさせた。

「何だ？　まだ何かあるのか？」

『……その、男子で、新海君、だけですからね？　私のスリーサイズとか、下着の好みの柄、教えるの』

上目遣いで恥じらいながら、織部はそう口にした。

「……お、おう」

『そ、それじゃあよろしくお願いしますね？　詳細はまた後で送りますから‼　で、では』

そして急ぐようにして通信を切ったのだった。

「……そういう態度、勘違いしちまうだろ」

そう呟くことで、今のやり取りを自分の都合の良い方に考えないようにした。

「それはそうと、いいきっかけをくれたな」

織部との通話を切り、俺は再び〝Ｉｓｅｋａｉ〟のサイトへと移動。

戦力として奴隷を買うなら別に〝女性〟じゃなくてもいいじゃないかとも思える。

しかし、この織部の頼みが、対象を〝女性〟じゃなければならない必然性を与えてくれた。

「その女の子に、買い物を頼めばいいじゃないか、うん」

異性の、しかもデリケートな部分だ。

俺一人で買うよりも、女性が一緒にいた方がいい。

店の人に変な目で見られることもなくなるだろう。

「これで遠慮なく購入手続きを進められる……」

俺は早速、未だ一人しかあがっていない女性奴隷のページへ。

そしてどんどん進めていく。

画面に、移動販売で使われそうな馬車が現れる。

その前に立つようにして、東欧風の衣装で着飾った商人が。

「『この少女をご購入されますか？』か……『はい』っと」

3つに分割された画面から、その項目を選択する。

すると――

「あっ、降りてきた」

重厚に作られた荷車の中から商人が、一人の少女を連れて戻ってきた。

「……へぇえ」

貫頭衣を着せられている。

普通に可愛い。

俺と同い年か、2、3歳若いくらいかな。

流れるような、背に届くピンク色の髪。

スラッとしていて手足も長い。

「何の種族かはわからないが……」

詳細の項目には『異種族』とあったが、何も知らされず見たら普通に人間と思う。

実際に見せてもらっても、気持ちが変わることはない。

なんでこんな可愛い美少女が長く売れ残っているのかわからない。

むしろ買いたいという思いが強くなったくらいだ。

〝傭兵〟さんスマン……。

たとえ売れ残ってたとしても、これだとやっぱりこっちに心が傾いてしまう。

「っし、購入っと……」

最終確認の文章にも一応目を通し、購入を確定させる。

「ふむ……やっぱりDPがあっちの通貨に変換される感じなんだな」

俺のDDの画面右上――DPから、2000ポイントが差し引かれる。

それがコインの絵に変わり、奴隷商人の元へと飛んでいくような演出が見られた。

これと同じことが〝ポーションI〟や〝鍋の蓋〟などでもなされていた。

「おおぉぉぉ、とうとう‼」

全てのコインが商人の元へ渡り終えると、商人は嬉しそうに笑顔を浮かべる。

そして『ありがとうございました。またのご利用、お待ちしています』と一礼する。

そのモーションの後、少女の足元に魔法陣が出現した。

「おおっ、マジか、来た‼」

同時進行的に俺の部屋の床に、ＤＤ画面と同じ不思議な光のサークルが現れた。

画面の魔法陣が少女をスキャンするように上昇する。

すると、少女の姿が足元から魔法陣に包まれ消えていく。

そして――

「――あ、ぁぁぁ……」

目の前に、少女の姿が完全に現れた。

フワッと、羽毛のように宙に浮いた状態でだ。

だが――

「う、うぅぅ……」

少女は苦しそうに呻(うめ)いた後、パタッと意識を失い、俺に倒れ込んできた。

「お、おいっ⁉」

何とか床に落ちる寸前で、その体を抱きとめることに成功する。

「なっ⁉　軽っ‼　ってか細過ぎ‼」

自分の腕の中に収まった少女は画面で見たよりもずっと痩せ細っていたのだった。

第4話

あの後、俺は急いで少女をベッドに寝かせて付きっ切りで看病した。
2、3時間に一回は冷水に濡らしたタオルを絞って、額に載せて。
久しぶりに自分以外のことで徹夜した。

コンビニに行ってレトルトのおかゆやスポーツドリンクなんかも買い込んだ。

最初は、何も口にしてくれなかった。

少女は意識が朦朧としていて、うわ言を繰り返すばかり。

偶にはっきりと意識が戻ったとしても、一口も食事を取ろうとせず、すぐに眠りにつく。

もうね、来てもらって即倒れられたから罪悪感一杯っスわ。

俺のせいなのか、それとも違うのかはわからんが、それでも俺はそんな少女を見て自分だけ食事する気になんてなれなかったもん。

だが薬草だけはムシャムシャ口にしていた。

これは苦行のようなものなので、食事って感じがしない。

３００枚ほど追加購入して６０００ＤＰも使ったが、口寂しさは解消できた。

多少の空腹感こそあったものの、野菜だけしか食べないヴィーガンみたいなもんで、むしろ体調自体は良かった。

一方で少女の周りにはすぐに手に取って食べられるものばかりで埋め尽くした。

本当にねぇ、何かの呪いにでもかかってるのかってくらい、口をつけないんだよ、これが。

水は取ってくれた。スポーツドリンクは一口飲んだら一瞬、目を見開いてたもん。

でも、やっぱり食べ物はダメ。

メッチャ気を遣って、カロリーのメイトは全味揃えて、封まで切って傍に置いておいた。

後から考えたら、何かの儀式のお供え物置き場みたいなサークルが出来上がっていたが。

もうね、少女に来てもらってから３日あったから。

このままもし少女が死んでしまったらどうしようとか、色々と考えたよ。

でもね、何が一番悲しいって。

——薬草が美味ぇぇ、と思えてしまった自分に気がついたとき。

もう情けなくて情けなくて。

少女の看病の間も、薬草の食べ方を色々と考えてたのよ。

他にやることないし。

それで冷凍庫に入れてパリッパリになるまで冷やしてみたの。

それを口に入れた時マジで美味かったんだよ。

「うめぇぇぇ‼　キッンキンに冷えてやがる‼」

とか小声で言って、少女の前でごっこ遊びしてたんだ。

それでそんな自分がアホみたいで、もうね。

不意に涙が溢れてきた。

少女は何も食べずに苦しんでるのに、俺は一体何やってんだ、と。

そうして自室での看病、リビングでの寝食だけを繰り返しつつ、３日が過ぎた昼頃。

俺のベッドで眠っていた少女が目を見開いて、俺の方をしっかりと見ていたのだ。

「あれ、起きた、か？」

「──あの、何で、泣いて、いるのですか？」

彼女が自分の意思で発した第一声が、それだった。

うわぁぁ、無茶苦茶良い声！

鈴が鳴ったような可愛い声！

なのにかけられた言葉が俺のアホを心配してのもの‼

クソッ、マジでアホだ俺。

それで急いで手の甲で、ゴシゴシと目元を拭う。

「な、なんでもない！　──それで、大丈夫か？　何か、食べるか？」

俺がそう聞くと、少女は一瞬首を振りかけて――。

「…………」

少女は視線を行き来させた。

俺が部屋に持ってきていた薬草20枚前後と。

自分が寝ているベッドを、捧げもののように囲う、携帯食料やレトルトの数々。

「――申し訳、ありません。では、こちらの、物を」

俺と彼女が出会って、3日目だった。

初めて、彼女が、水分以外のものを口にしてくれる。

それが嬉しくて嬉しくて、仕方なかった。

ただ、ずっと薬草食を続けていた反動か、他人の食事シーンを羨むほど密かにダメージを受けていた。

少女は、そっと、カロリーのお供フルーツ味を手に取る。

「――!? こ、こんな、こんな美味しい物を……ずっと、ずっと食べさせて、くださろうと、していただいていたなんて」

少女の目の端から、スッと涙の筋が。

俺も心の中で号泣したくなった。

〝えっ、こんな美味しい物があるのに、何でこの人葉っぱばっか食ってんの？　草食系男子なの？　ああだから童貞なんだ。子孫、残せるといいね？〟

少女はそんなこと欠片も思っていないだろう。

だが、俺の中の意地悪な悪魔っぽい俺が、勝手にそう翻訳してしまった。

……うっせぇ。

美味いんだよ、薬草も。

□◆□◆　□◆□◆　□◆□◆

少女はあの後、レトルトのおかゆや乳酸菌がたっぷり入ったチョコなどを少しずつ食べていった。

すると、見てわかるくらいに体型が普通になっていったのだ。

勿論一気に太ったというわけではなく、徐々に健康体へと近づいていった感じだ。

彼女が言うには『己が種族故の、特殊な体質、でして』ということらしい。

フードファイターや、割れた腹筋が見えるくらい鍛えている人が爆食いすると、明らかにわかるくらい腹が膨れたり脂肪がついたりする。

そんな風に、生存競争に勝ち抜くための進化的な理由とかで、栄養の吸収率がとりわけ高い種族が、異世界にはいるのだろうか。

正直それだけではよくわからなかった。

落ち着いたら改めてちゃんと説明してくれると思う。

少女にお風呂を勧めて入ってもらっている間、こうして自分の中で思考を整理していた。

「ひゃぁっ」

突然風呂場の方から、驚きのあまり裏返ったような可愛らしい声が聞こえてきた。

「だ、大丈夫か⁉」

急いで駆けつける。

すわ地球人の天敵Gでも現れたかと思わずドアを開けてしまった。

「あっ——」

そこには少し前まで骨が浮き出るくらい痩せ細っていた少女が、水の温度に驚いてシャワーヘッドを落としてしまった光景が。

「えっと……」

少女の体には、ふっくらとした柔らかみが見て取れた。

間違いなく健康体へと近づいている。

その証拠に、少女の胸が形良く膨らんでいるのをこの目で確認して——

「っっ‼　わっ、悪い‼——」

急いで扉を閉める。

決して狙ってやったわけではない。

だが、客観的にはラッキースケベ的展開になってしまった。

これは、立場を利用して「グヘへ、おっと、手が滑ってドアを開けてしまったぞい‼」みたいに取られてセクハラ通報されるのかもしれない⁉

いや誰にだよ、と思うがそう見えてもおかしくない。

「あ、あの――」

ドア越しに、少女の気遣うような声が。

「ご主人様……お見苦しいものを、お見せしました」

覗いてしまったのはこちらなのに。

少女はさも自分が悪いかのように謝る。

「い、いや、俺が悪かった」

ちょっと口ごもりながらもキチンと謝罪する。

「……ご主人様には、もっと肉付きを良くした、色気のある体形に戻してから、もう一度、見ていただきたい、です」

つっかえながらもそう告げる、向こうから聞こえたその声は、嘘を言っている風でもなく。

慣れない言葉を、表現を、何とか使いながら、その想いを必死に伝えようとする。

そんな健気さがあった。

「……いや、その、今でも十分に可愛いし、その、魅力的、だから」

俺はそれだけ言って扉の前を離れた。

いや、ボッチにはこれが限界だって‼

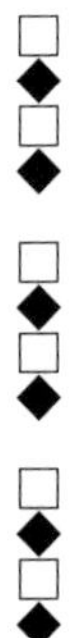

その後、シャワーを終えた彼女と自室へ戻り、床に腰を下ろして向かい合う。

「改めて、俺はえっと、新海。新海陽翔」

そう言えばまだしていなかったと思い、自己紹介をしておくことにした。

彼女用の服が今ないので、一応俺の服を着てもらっている。

……こら、シャツの臭い嗅がない、君自身から良い匂いも漂わせない。

余ってる袖部分を指でチョンと摘ままない。

火照ってるのか知らんが無意識に胸元パタパタさせない。

いいかい、思春期ボッチを無自覚に殺そうとしないで、わかった？

「どう、お呼びすればいいでしょう……ご主人様」

いや、君自身の中でもう無意識に答え出しちゃってるじゃん。

ご主人様一択じゃん。

「まあ、好きなように、呼んでくれていい」

「では……〝ご主人様〟、よろしくお願いします」

一瞬考える間があったが、やっぱりご主人様らしい。

ご主人様…………まあ、いいんじゃない？

「えっと、君は？　俺は、何て呼べばいい？」

俺がそう聞くと、彼女は初めてそのことに思い至って、失態を犯してしまったかのように慌てて自己紹介をし始めた。

「も、申し遅れました‼　――私、ラティア・フォン・ベルタークと申します！　親しい人や大事な人からは〝ラティア〟と呼ばれていました！」

……その、地味に〝あなたもその親しい人や大事な人のカテゴリーに入ってます〟的なニュアンス、何なの？

この子、無自覚に男を惚れさせようとし過ぎてない？

エグイぞ、これで容姿・外見が万全に戻ったら……化け物が生まれよる。

「えっとじゃあ……ラティアよろしく」

「はい‼　よろしくお願いします、ご主人様‼」

本当に嬉しそうに返事をする。

まるで構ってもらえて嬉しくて、尻尾をぶんぶん振る犬のようだった。

クッ、既に可愛い！

童貞を殺しに来てる‼

「それで……えっと、ラティアは異種族って聞いたんだけど、どういう種族なの？　俺、そういうの疎くて」

話を変えるため、体型の際にも話題になったことを尋ねる。

すると、ラティアは今までの嬉しそうな様子が一変して、シュンとする。

「……えっと、聞いたらダメなやつだった？」

俺の質問に慌ててそうではないと首を振る。

ならばと口にできるまでしばらく待つことに。

打ち明けるのにちょっと勇気がいる類のものかもしれないからな。

そう考えているうちに、ラティアはこう口にした。

「――……私は〝サキュバス〟という種族です」

やっぱりこの子、俺を殺しに来てる‼

第5話

ラティアは自ら(みずか)の種族を明かした後、自分がこれまで辿っ(たど)てきた境遇を語った。

身内、つまりサキュバスの社会の中で孤立(こりつ)し、疎外(そがい)され、それがきっかけで食事が殆ど(ほとん)取れなくなったということらしい。

「——ですから、私は、ご主人様の足手まといになると思います」

問題はもっと深刻というか、根(ね)が深かった。

単なる不幸話をして同情を引きたいとか、そんなもんじゃなく。

彼女は本当に自分が役に立たないものと思っている。

サキュバスであるということに、引け目すら感じている。

ラティアがなぜ、自分がサキュバスであるということを言いたがらなかったかもきっと、その仲間内でのいざこざに起因(きいん)するのだろう。

「……なるほど」

……これは、簡単にはいかないかもな。

「……わかった。ダンジョン攻略については、できたらサポートしてくれる、本当にそれだけでいいから、無理しなくて」

俺はその話を聞いてなお、積極的な協力を求めるなんてことはできなかった。

「はい……申し訳、ございません」

その場から消えてなくなりそうな程、ラティアは体を小さくしていた。

うわっ、どうしよう……空気が重い。

「ああ、いや、どっちにしろ病み上がりなんだから、気にしない――そうだ、テレビ見よう‼ テレビ‼」

このままだと重苦しい空気に押しつぶされそうなので、コミュニケーションスキルのない俺はリモコンを手に取った。

そして電源を入れると、情報バラエティー番組が映し出された。

「――わぁ、何ですかこれは⁉ 通信魔法の一種ですか？」

ラティアはすぐさまそれに食いついてくれた。

ハハッ、通信魔法か。

「まあ、今のところはそういう認識でいいよ」

さっきまでのドヨーンとした空気は霧散し、二人でテレビを眺める。

司会の芸人さんが最近話題のことを取り上げ、それについて出演しているタレントたちがコメントするという情報バラエティー番組だ。

『さあ、次のテーマはこちら‼』

画面には大きく2枚の写真と、その下に『ダンジョン探索士の制服発表‼　機能性を重視したスポーティなものに‼』とテロップが。

「へぇ……」

「ご主人様、こちらの世界の冒険者はこのような軽装で大丈夫なのでしょうか？」

ラティアが画面に出ている男女の写真を見て、純粋に心配の声を漏らす。

確かに、特に女性の方は機能性を重視しすぎている感があった。

……っていうか、ぶっちゃけエロくない？

大丈夫なの？

足の動かしやすさを考慮したのか、ホットパンツのように丈が短いズボン。

一方で靴下の機能も担っているほど薄い素材で作られたブーツが、膝上までを覆っている。

上も肩を露出するアンダーウェアやシャツを纏っている一方、肘上から先をすっかり覆うグローブをつけていた。

男も似たり寄ったり。

ちなみに、俺はあれを着たいとは一欠片も思わなかった。

番組ではこの衣装が異性の劣情を催す格好かどうかで激しい討論になっていた。

ラティアはそれを、ハラハラした様子で見守っている。

うん、まあ……いいんじゃない？

その後『講習が3日間の休みに入り、候補生たちはどのような休日を過ごすのでしょう』という話題に移る。

俺たちはそれをBGMにして、しばしの間、何でもない穏やかな時間を過ごした。

「ふぁぁぁぁぁぁ‼　ご主人様、凄いです‼　大きい建物が、人が、一杯で――」

横で周りの光景に圧倒されているラティア。

「ああっと、あんまり離れるとあれだから……」

自分でも何を言っているのかわからんが、俺も俺で、少なからず興奮しているらしい。

あれから2日後、俺たちは電車で二駅のところ――繁華街に来ていた。

ラティアの服や生活用品を買いに来たのだ。

そして帰りに、そろそろ買わねばならないと思っていた織部の注文の品を見に行こう、というわけだ。ラティアがいなければ絶対にできないというわけではないが、一緒にいた方が俺の精神衛生上も、随分と楽だからな。

「わっ、あっちにも〝てれび〟が！　あっ、こっちには大きな建物が――」

ラティアは俺のジャージを、少し丈を余らせながら着ていた。

見るもの全てが新しく、初めてのものばかりで、興奮しっぱなしだった。

放っておくとどんどん興味の引かれる方へと行ってしまいそうなので、適度に声をかけて散策していく。

そして今は、カフェのオープンテラスで、イスに座って足を休めている。

「凄いですね……私の故郷とは何もかも違います、〝地球〟」

はふぅぅと圧倒されたように息を漏らす。

そんな可愛らしい声を出し、ラティアはまた美味しそうにストローでカフェオレをすすった。

「…………」

ただ俺は、気が気でなかった。

さっきからチラチラと、道行く人々から見られているのだ。

勿論その視線の先は、日本人離れした容姿を持つラティア一点に集中している。

俺のあげたダッサいジャージ姿がかえって彼女の可愛らしさを引き立ててしまっているらしい。だがラティア本人はそれに無自覚。

「……人もとても多くて、目が回りそうです……すぅん――」

……こら、疲れたからって、服の首元を引っ張らない。

そしてそれを鼻先に持っていって臭わない。

どういうことだよ、それが一時のリフレッシュになんの？

「落ち着きます……」

なんでやねん。

「あれ、新海？」

そんな何気ない休日を過ごしていた俺たちに、声がかけられた。

「やっぱ新海じゃん‼　やバッ、奇遇ってか何でこんな……って、あれ？　誰、この子——」

「お、おう……ウッス」

俺に話しかけてきた相手は、確かに俺が見知った人物だった。

ただ、俺は相手の顔を知っているが、相手が俺の顔を知っているとは思ってもみなかった。

……口ごもったのはそのためだ、決してギャルっぽい陽キャで、カースト最上位の相手にビビったわけじゃない。ないったらない‼

「ご主人様、この方は？」

「あっ——」

ラティアの純粋な疑問を、俺は慌てて止めようとしたが時すでに遅し。

「〝ご主人様〟？　に〜いみ〜。ちょーっと話、聞かせてほしいかな？」

目の前の少女の関心の矛先は、今自分で尋ねた知らない相手——ラティアではなく。

そのラティアに〝ご主人様〟と呼ばせてる危ないボッチ野郎、つまり俺に向いてしまった。

詰め寄ってくるくるパツ金ギャル。

同時に主張の激しい胸部が眼前に迫ってきた。……デカい。

そういえば、夏は毎年祖父ちゃんがスイカを送ってくれていたな。

ラティアもいるから、今年は二つ——。

「あ、あの‼　あ、貴女はどなたですか⁉　ご、ご主人様をいじめないでください‼」

いつの間にかラティアが立ち上がり、俺と相手の間に割って入っていた。

「えっ⁉　……あ、ああ、ゴメンゴメン‼　別に新海をいじめてたわけじゃないんだよ⁉」

「……本当ですか？」

ラティアの問いに、相手は大きく頷く。

本当だと請け負うように叩いた胸が、跳ねるように上下する。

……そういえば祖母ちゃん、子供のころは鞠遊びが好きだって言ってたな。

今度遊びに行くときには俺とラティアで二つ分用意してもらおう。

「アタシは逆井。逆井梨愛っていうの」

逆井はそう告げて、屈託なくニカッと笑ってみせる。

「クラスは違うけど新海とは同じ学校だよ？　今はダンジョン探索士の候補生でオフ中ってこと。よろしく‼」

第6話

「えーっと……」

　ラティアへの自己紹介を明るく済ませたところ悪いが。

「あの、一応、話すのは初めてだよな、俺たち？」

　相手は校内一の有名人だから、勿論俺はその存在を知っている。

　だが俺は校内に友達一人いない万年ボッチだ。

　だからなぜ逆井が、こんなにも俺に対してフランクに話しかけてくるのかがわからん。

「うん？　そだっけ……」

　俺の指摘に、逆井は記憶を確かめるように首を傾げる。

「ずっと柑奈に話を聞いてたから、てっきりもう会ってたと思ってたんだけど」

「え⁉　織部から⁉」

　俺の反応に、逆井は慌てて手を振って、言葉を継ぐ。

「あ、ああ違うよ⁉　柑奈がいなくなっちゃう前の話！　二人で話す時、よく話題として出てたーってこと」

「ああ……そういうことか」

俺は今、話を理解し、あえてそう返事した。

逆井は勘違いをしている。

俺が驚いたのは、織部が俺以外にも連絡を取っている人物がいたのか、という驚きだった。

それは俺の早とちりだったわけだが。

おそらく逆井は俺の驚きを〝失踪した織部が見つかったのか⁉〟と思ったからだと捉えている。なので俺はその勘違いを正さず〝なんだ、織部が見つかったわけじゃないのか〟というような落胆を装った。

ただ、話さなくていいのだろうか。

コイツは——

「確か逆井は……織部と親しかったよな」

俺がそう探りを入れると、先程までの弾けるような笑顔に影が差した。

それは一瞬の間だけで、すぐに戻ってしまったが。

「えっと……うん！　も、もう！　今頃何してるんだか。帰ったらただじゃおかないんだから！　恥ずかしい格好させて、悶えさせてやるし！」

だが、俺たちを心配させまいと気丈に振る舞うその姿が。

逆井が織部のことをずっと心配していることを、かえって感じさせた。

「――ってか、てか！　アタシのことはいいの‼　ニシシッ、新海、話を逸らそうったってそうはいかないよ‼」

それこそあからさまな話題転換だったが、俺はあえてツッコまない。

逆井もこれ以上深く言及されることは望まないというように、笑顔を浮かべた。

そして――

「このこのっ！　こんな可愛い子に〝ご主人様〟なんて呼ばせて、新海も隅に置けないな‼　いくら払ったんだ、言ってみ？」

「ちょ、ギブギブッ‼　く、苦し……」

へ、ヘッドロック⁉

か、顔に何やら物凄く柔らかな物体が押しつけられて――い、息が……。

「だ、ダメです！」

「うおっ‼」

ラティアが再び割って入ってくれて、ようやく解放された。

ふう……何とか死因が乳圧による窒息死となることを回避できた。

流石に診断書にそんな死因を書かれたら不名誉過ぎるぜ。

………まだ頬に温かな感触が。

「私はラティアと申します！　ご主人様のご厚意により、お仕えさせていただいています‼」

ラティアが両手を大きく広げて逆井の前に立ちはだかった。

通せんぼするラティアは、逆井に対して警戒する犬のようだ。

ただいかんせん、ラティアは、ラティア自身が可愛すぎるために全然威嚇になっていないのだが。

「あはは、ゴメンゴメン、ラティアちゃんね‼　りょーかい」

警戒するラティアに、逆井はこれ以上襲う意思はないと示すためか、両手を上げて降参のポーズをする。

それを見てラティアも矛を収めるように、ゆっくりと広げていた腕を下ろした。

「よっぽど懐かれているんだ……新海はモテるんだねぇ」

最後、なぜそんなことを呟いたのかわからなかったので、鈍感系主人公スキルを発動して聞き返してやろうかと思った。だが――

「キャアアアアア‼」

突如、喧騒に包まれた街中でも聞き取れる程の悲鳴が上がる。

それで、俺の〝え、何だって？〟が発動することはなかった。

叫び声があちこちで飛び交う。

「早くっ‼　安全な場所に避難して‼」

逆井の張り上げる声。しかし、パニックに呑まれた人間たちには届かない。

「な、なんだ⁉　アリか⁉」

「へ、変な鎧を着てやがる‼」

「うぁぁぁ、コンクリを嚙み砕きやがった⁉」

逃げ惑う人々から漏れ聞こえるぶつ切りの情報。

「モンスターが現れたのか……？」

「おそらくダンジョンから、溢れたんだと思います」

俺の呟きに応えたのは、隣にいたラティアだった。

「溢れた⁉　……やっぱり、ダンジョン内のモンスターって外に出てくることがあるのか⁉」

前に、全世界に流された映像で、その光景を見たことはあった。

ただ、それ以降は一度も確認されなかったが。

「〝地球〟では全てのダンジョンが管理されているわけではない、ということでしたよね？」

ラティアの質問に、俺はすぐに頷いた。

「管理されていないダンジョンがあるのでしたら、そのようなことも珍しくないかと――」

「うわぁぁぁ‼　穴の中から、また出てきたぞ‼」

「ッ‼　――今そっちに行くから‼」

ラティアが答え終える前に、また叫び声が上がる。

そしてその悲鳴を耳にした逆井が、その方向へと駆けだした。

「おい‼」

俺は声を上げるが、逆井は振り返らなかった。

クソッ。

「えっ、ご主人様⁉」

同じく駆けだそうとした俺に、ラティアから制止の声がかかる。

「ラティアは逃げててくれ‼　とにかく、あの群衆と同じ方向へ‼」

ラティアの過去を聞いた以上、これからの行動に彼女を付き合わせるつもりはなかった。

「で、ですが‼」

「俺はあいつを追う‼　可能ならダンジョンの中を覗(のぞ)いてくるよ‼　……別に、俺一人で攻略してしまっても構わんのだろう⁉」

不安げな表情で一杯のラティアを安心させるように、最後は多少おちゃらけたように告げて、再び走り出した。

逃げてくる群衆に逆らうように進んでいるので、なかなか前に進まない。

「ご、ご主人様ぁ‼　――わ、私もっ‼」

「って、ラティア!?」

当然逃げてくれるものと思っていたラティアが俺を追いかけてきた。

ってかあっさり追いつかれた。……へこむ。

「お言いつけを守らなかった罰は後程お受けします。……あの、それで、上からなら、進み易い道を探せるかと!!」

ラティアは捲し立てるようにそう言って、最後に。

このまま捨てられてしまうのではないかというような不安げな表情をした。

「……ご主人様と、一緒に、いたいんです。ダメ、でしょうか」

「……ああ、そうだな。いや、悪かった。置いていく方がダメだったな」

俺はすぐにそう謝罪する。

逃げてくれた方が安全だろうと考えてのことだったが。

ラティアにとってはまだ知らないことばかりの世界。

そこに独りきりにするというのはマズかった。

「よし!!　じゃあ一緒に行こう!!　――よいしょっと」

「ひゃぁ――」

ラティアの可愛い悲鳴が上がる。

これ以上のやり取りは時間のロスだと思い、俺は思い切ってラティアの股の間に頭を通した。

……とうとう頭がおかしくなりよったかとか、こんな場面で犯罪に走りやがったとか思った奴、後で体育館裏に集合な。

「どうだ、これで見晴らしが良くなっただろう？」

俺が肩車したラティアに声をかける。

「はい‼　えっと——」

ラティアは視界が開けたのを利用して2、3秒程、周囲を見回した。

そして、ある一点を指差す。

「あっ！　あそこに、穴があります‼　恐らくダンジョンの入口です‼」

目的地を見つけ、興奮したようにラティアは声を上げる。

「グフッ——」

……だがそのために力が入ったのか、抱えていた脚がぐっと閉じられ、顔がサンドイッチに。

その柔らかい太腿に挟み込まれる。

「も、申し訳ありません‼　だ、大丈夫ですか、ご主人様⁉」

すぐに気がついたラティアは膝を開くようにして力を抜く。

「ふ、ふぅ……だ、大丈夫、大丈夫」

危なかった……。

おかげで、太腿に挟み込まれたことによる圧殺みたいな死因を書かれなくて済んだ。

どこに向かえばいいかはわかった。

気を取り直してラティアを降ろし、逆井が向かったであろうダンジョンへと、足を進める。

「さあ、行くぞ!!」

「はい!!」

□◆□◆　□◆□◆　□◆□◆

ダンジョンの入口にたどり着くまで、騒がれていたモンスターと遭遇することはなかった。

……だが穴に飛び込んだ先では、既に戦闘が行われていた。

そして、その決着はほぼついていたのだ。

ダンジョン内には何人もの人が倒れている。

その有り様が、今どういった状況かを如実に表していた。

「逆井、無事かっ⁉」

口から血を吐きながら、かろうじて意識だけは保っていた逆井も、その一人だった。

「にい、み……?」

コイツに死なれては俺が困る。

織部の親しい友人が死に、それを何かの拍子に織部が知ってしまったら。

……織部が悲しむようなことにはさせない。

「無事か‼」

「にいみ……にげ、て」

「ギッチィイイ」

金属同士がぶつかり合ったような、不快な音がした。

そちらに視線を向ける。

「……確かに、アリ、だな」

そこには、1mはあろうかという巨体に鎧を纏(まと)ったような蟻(あり)のモンスターが、所狭しと並んでいた。

第7話

「とにかく、これを飲め」

意識を失いかけている逆井に、俺は躊躇なくポーションⅠを飲ませた。

半分口から零れてしまったが、目に見える傷は何とか塞がってくれる。

「よし――」

最悪の事態は回避できた。

だが安心するにはまだ早い。

「ご主人様！　アーマーアントです!!　数が多いので、お気をつけを!!」

ラティアがあのモンスターたちを見てそう告げた。

アーマーアントっていう名前なのか。

横並びになって、刃物のように尖った牙をギチギチ言わせている蟻どもを見る。

さて、どうしたもんか――って、考える間もなく襲って来やがった！

「ギッチィ!!」

先頭で警戒していた蟻だ。

他の蟻たちも俺たちの登場に気づいて、ゾロゾロと集まってくる。

「チッ――」

振り返らず、叫ぶ。

「ラティアァァ‼　さっきの罰だぁぁ‼　〝できること〟をするんだぁぁ‼」

返事は待たない。

この状況で、しかも頼んだことは〝できること〟をすること。

今度こそは聞いてもらえる内容だと確信し、俺は逆井を寝かせる。

そして襲いかかってくる蟻の波に突っ込んで行った。

□◆□◆　□◆□◆　□◆□◆

「ギィィ――」

一人で飛び込んできた俺を見て、先頭の蟻は牙のような歯を打ち鳴らす。

そして獲物を捉える目をした。

俺のことをタダの雑魚、あるいは獲物としか見ていない。

それに思わずイラっとはしたものの、同時に勝機を感じた。

「アリの巣コ〇リ買ってくんぞこの野郎ぉぉ‼」

今まさに、その牙を俺に剝こうとした時。

少しでも注意を引きつけられればとの思いで声を張る。

そして少しでも攻撃が効いてくれることを願い、跳躍した。

「らぁぁぁぁ‼」

助走の勢いに体重を乗せた、渾身の一撃。

少しでいい、この右拳が通じてくれ——そう願い放った一撃は、良い意味で裏切られた。

グシャリッ、と新聞紙でも潰したような音がした。

そして拳にも、薄い紙を突き破ったような感触が伝わってくる。

「え——」

想像していたのとあまりにかけ離れた事態が起こり、思わず変な声を上げてしまう。

アーマーアントの鎧に、俺の拳跡がついていた。

迷わず追撃に移る。

「せあっ‼　うらっ、だあっ‼」

横蹴り、純粋な突き、膝蹴り——全てが面白いように決まっていく。

そして攻撃が入る度、段ボールが凹むように、アーマーアントの体がボコボコになっていった。

そして最後にとどめでもう一発。

「うらぁぁ‼」

「ギィイ――」

蟻らしく踏み潰されろとばかりに、踏んづけてやった。

それが頭に入り、アーマーアントはとうとう行動不能に。

「ふぅぅ――」

息継ぎをし、後ろを振り返る。

戦闘中は気にすることができなかったが、逆井や他の人たちは――

「んっ、ううぅ……」

うっし、大丈夫そうだ。

他の蟻たちも新たに現れた乱入者、つまり俺への警戒心を最大限に引き上げていた。

逆井を含め、他の人たちへの攻撃は優先順位が下がったらしい。

これなら、行ける！

そう希望を見出(みいだ)した時――

「――ギシィイイイ」

「――ギチッ‼」

「――ギギギィ……」

蟻たちは今度は集団で、俺に襲いかかろうと構えていた。

〝いつから1対1だけで相手をするものと錯覚していた？〟……そんな幻聴が聞こえた気がする。

……で、ですよねぇぇ。

「いっ‼」

蟻どもは、次々に俺に迫ってくる。

「クソォォォォ‼　全部相手してやらぁぁぁ‼」

こうして第2ラウンドが幕を開けた。

「はぁはぁ……一体、何匹、いんだよ」

あれから、息が続く限り、迫るアーマーアントを攻撃し続けていた。

当初の懸念はすぐに吹き飛ぶほどに、俺は善戦できていたのだ。

「ウラッ‼　寄るな、足がキモいっ‼」

これも、1週間前にモンスターを2体だけとはいえ倒したからなのか。

それとも、ずっと欠かさず薬草を胃の中に収めてきたからなのか。

理由はともかく、少なくとも以前みたいに何時間も殴り続けることにはならなかった。……

1体倒すのに10発は攻撃を加えてるがな！

「クソがっ、寄ってたかって俺ばっか狙いやがって‼　お前らに、矜持というものは、ないのか‼」

とはいえ、俺だけを狙ってくれているからこそ、被害を最小限に食い止められているのだ。

それは想定通りで助かっていた。

攻撃する手を止めない。ってか止めたらアーマーアントの波に呑み込まれる。

それほどまでに相手は数が圧倒的に多かった。

自分の成長度合いを実感できて嬉しがる暇もない。

「お前ら、マジで覚えとけよ⁉　俺が権力握ったら、真っ先に絶滅指定種にしてやる‼」

〝危惧種〟じゃなくて〝指定種〟ね。

真っ先に地球から葬り去るべき相手。

……あん？

蟻に求めた矜持？

んなもん知るか‼

「チッ、多い……あの〝蟻地獄〟を何とかしないとダメか……」

視線を向けた先には、逆円錐になって砂が落ち続けている穴があった。

そしてその穴から、アーマーアントが湧いて出てきている。

その前には、明らかにその穴を守ってますよと言わんばかりに……。

「ちょっとカッコいい兜被りやがって……」

そこらにいるアーマーアントとは別種のタイプの蟻がいた。

「かなり間引いたし、数もちょっとずつだが減っている」

後方へと庇っている逆井たちから、うまく関心を逸らせながら戦えている。

一先ず負傷者を外へと逃がせたら、撤退するのも手だ。

……そうした考えが。

あるいは、周りには倒したアーマーアントが転がっているだけだという認識が。

少し警戒の余白を作ってしまったのかもしれない。

「──ギィチィイ‼」

「なっ⁉　生きて──」

倒したと思っていたアーマーアントの最後の悪あがきだった。

俺の死角から、その強靭な顎を大きく開けて俺の腕に食いつき──

「ギシヤアァアアン‼」

──容赦なく、思いっきり、閉じた。

「ぐぁああああ‼　右腕がぁああああ──」

…………。

「──……ああ？」

「ギイイシイ？」

今、敵同士にもかかわらず。

おそらく、俺とこのアーマーアントの疑問符が浮かび上がる瞬間が、完全にシンクロした。

「――全然噛み千切られてねぇじゃねぇか!!」

歯形っぽいのついたけど!!

結構痛かったけど!!

お前、もう俺の腕噛み千切る気満々で噛みついてたくせに!!

俺一瞬、片腕なくす覚悟したぞ!?

でもそうか、モンスターを倒して、やっぱり強くなってるんだ。

今も、現在進行形で倒しまくってるからな……。

ただそれでも、冷や汗をかかされたことに違いはない。

俺はカッと沸き上がったよくわからない怒りを今もしがみつくようにして噛みついているアーマーアントに、そのままぶつける。

「おらぁぁぁ、体の中グチャグチャにしてやらぁぁぁ!!」

俺の肘から先はおそらく、アントの喉に当たる場所よりも更に奥に飲み込まれていた。

その腕の先っぽを、暴れられる限り、暴れさせた。

体内で腕のミキサーにかけてやるイメージ。

「ギシィ――」

「うゎぁッ⁉」

ちょっと柔らかい水風船みたいなものを潰した感触があって。

それからすぐに、アーマーアントは俺の腕を吐き出し、青い体液をぶちまける。

そして今度こそ、完全に動かなくなった。

「…………」

俺はそれを見届け、他のアーマーアントへ向き直る。

一歩、また一歩と近づいて行った。

「ギッ、ギシィ……」

逆にアーマーアントたちはそれを嫌がるように一歩、また一歩と後退して行くように見える。

……フッ、フフフッ。

「お前らも体内グチャグチャにして、一撃で沈めてやらぁぁ‼」

□◆□◆ Another　View ◆□◆□

「ラティアァァ‼　さっきの罰だぁぁ‼　〝できること〟をするんだぁぁ‼」
そう言って主人である青年は、敵が蠢（うごめ）くほぼ中心地に突っ込んでいった。

ラティアは引き留めようとした言葉を、しかし呑み込んだ。

罰を受ける、といったのは自分だ。

でも青年はラティアに、自分ができることをするようにと言いつけた。

そんなのは、ちっとも罰になんかなっていない。

つまり、主人たる青年は自分を信頼してくれているのだ。

2日前、話したはずなのに。

自分がどれだけ役に立たないか、自分がどれだけ無能なのかを、語ったはずなのに。

『ラティアってさぁ……いてもいなくてもいいよね？ってかいない方がよくない？』

『……ねぇ、役立たずのくせして、食事してるなんてさ、図々しいと思わない？ちょっと魔王様に話しかけられたからって、調子に乗んないでくれる？』

『ハハッ、私たちの代わりに、ヘイト集めといてよ。それで詠唱するからさ……そうしたら、魔王様もまた話しかけてくれるかもよ？』

それが、ラティアが背中を預けた仲間たちに、かけられた言葉だった。

サキュバスは皆、魔法を使えるという点を除けば、最初は圧倒的に弱い存在である。

だが、成長するとともに、チャーム・魅了などのスキルを覚えていく。

それで異性やモンスターを誘惑し、自分が詠唱する時間を稼ぐための前衛・盾の役目を担わせる。これが、サキュバスの基本の戦闘スタイルであった。

そして、自分の容姿・魅力を磨けば磨くほどに、チャーム・魅了の効果も高まる。

なので、最初はあまりサキュバスとして成熟していない者同士が集まり、一時的にパーティーを組んで、戦闘での前衛の役割を交代で行う習性があったのだ。

話は変わるが、ダンジョンは欲望の集積地であると同時に、一つの生き物でもある。

生き物の命・欲望を糧として、ダンジョン自体も生きているのである。

人が貧血を補おうとする時に、レバーや肉などを積極的に食らうように。

自らの肉体を、容姿を――生物的能力を引き上げようとする時、生物そのものを食料とするダンジョンは、この上ない効用をもたらす。

サキュバスにとっては、自らの容姿・肉体が戦闘能力に直結する資本である。

彼女たち自らを磨くためにダンジョンへと潜ることは、とても自然なことだった。

『ねえ、食事もただじゃないの……ってか、いてもいなくてもいいんだからさ、あんた奴隷になったら？』

そんな日常の中、ラティアは、些細な理由をきっかけに、群れから迫害された。

彼女にとって、その理由は定かではない。

でも、きっと自分が悪かったのだろう――ラティアは今でもそう思っている。

そしてその結果、ラティアは、一切の強くなる機会を失った。

チャームも満足に使えない。

そして、初心者状態のサキュバスが強くなるための、仲間の協力も一切得られない。

単体としての物理的な戦闘能力も、ほぼないに等しい状態だった。

全てに絶望し、そして自分が悪いと思っていたラティア。

仲間たちがある日、ローテーションで前衛をやるからついてきなと言った。

何かおかしいと思っても、断れなかった。

そういう状況が、既に、出来上がっていた。

諦念の心境で言われるがままついていった先で、何故かダンジョンにいた奴隷狩りに遭って。

捕まり、奴隷になって、食事も取らなくなった。

真っ暗な世界。

凍える体と心。

『役立たず』

『いなくていいよね』

『いても邪魔なだけ』

今まで浴びせられた心ない言葉が、呪いのように何度も何度もラティアの頭の中で繰り返される。このまま自分は何の役にも立たず、何の意味も持たずに死んでいく――

『それで、大丈夫か？　何か、食べるか？』

――そんな自分に、光をくれた方がいた。

温かな手を、差し伸べてくれた方がいた。

私なんかのために、涙を流してくださった方がいた。

「お前らも体内グチャグチャにして、一撃で沈めてやらぁぁ‼」

「っ‼」

ハッとする。

未だ、ラティアの中に巣食う恐怖が、トラウマが、体を縛りつけようとする。

だが今まさに、闇の沼に頭から沈み込んでいた自分を掬い上げてくれた主人が、自分を信頼して戦ってくれているのだ‼

ラティアは恐怖で震える喉を、意志の力で、自ら震わせた。

声を、刻む。

周囲に光が浮かぶ。

魔力を練る。

一度として、まともに発動させたことがなかった魔法を、今——

「《闇よ、刃となりて、揺れ刻め——》」

自分の詠唱時間を、稼いでくれたのは。

自分を捨てた仲間でもない。

チャームで従えるモンスターでもない。

〝できることを〟と言って、自分のことを信じてくれた、こんな私のことを、心から信頼してくださった、ご主人様なんです‼

「――【シャドウ・ペンデュラム】‼」

全てを呑み込むのではないかというドス黒い闇。

それが、大きな大きな鎌へと姿を変える。

そしてそれは、振り子のように4度、左右に振れた。

2往復したその鎌は、一振りで10を。

二振りで30を、跡形もなく消し飛ばした。

そして最後の振りで、穴の前を守護者のように立ち塞がっていたアントを。

体を左右に分かつように、真っ二つにした。

振り子が役割を終え、霧状になって消失する。

その後、穴を流れ落ちていた砂はその動きを止め、新たなアーマーアントがそれ以上出現することはなかった。

□◆□◆ Another View End ◆□◆□

第8話

〈Congratulations!!　――ダンジョンLv.5を攻略しました!!〉

全てのアーマーアントが黒い灰のようになって散った後、あの機械音が鳴った。

「終わった……のか」

周囲に敵が残ってないのをこの目で確認して、俺は長い長い息をつく。

「ふぅぅぅ……」

――え、ラティア強すぎない？

ってか何あれ!?　魔法!?

一発でアーマーアント殲滅しちゃったんだけど！

ラティア一人で全部片付いたじゃん！

やっぱり俺いらなかったんじゃね!?

「ご主人様!!」

魔法発動の後の硬直が終わり、

その当の本人が駆けてきた。

「あ、ああ、お疲れ」

……今の、俺、笑顔で言えてたかな。

今回の戦いの最大の功労者は、間違いなくラティアだ。

また俺のダンジョン攻略の記憶に、徒労感・報われなかった感が刻み込まれたとしても。

そこはちゃんと伝えないと。

「ご、ご主人様……その、あの……」

何故かラティアは申し訳なさそうな、合わせる顔がないみたいな様子だった。

そのせいか、上手く言葉を継げないでいる。

いや、うん、いいんだ……。

「ラティア」

「は、はいっ‼」

遮る形になるが、これだけはちゃんと言っておかねば。

「ラティアがいてくれて、本当に良かったよ」

「……え？」

マジでラティアがいなかったら、これ終わらなかったし。

俺も頑張ったけど、倒しても倒してもあの穴から新しい蟻が湧いてきてたもん。

「いやぁ、反面、俺の雑魚っぷりが目立った形になったが――ってどうした⁉」

ラティアの目から、涙が溢れていた。

な、なんで⁉　何か地雷踏んだ⁉

クソッ、これだからコミュニケーション能力0のボッチはダメなんだ‼

「わ、悪い……何か変なこと言ったか⁉」

女の子を泣かせてしまったという事実に、ついあたふたしてしまう。

だがラティアは首を振る。

「ち、違うんです……これは、違うん、です」

拭えど拭えど溢れ出てくる涙。

ラティアは否定するが、俺の言葉がきっかけで泣いているのは明らかで。

「ほ、本当に、大丈夫か⁉　何なら俺、あの穴の中に沈んでこようか？」

もし俺の存在自体が邪魔ならそれもやぶさかじゃない。

土下座よりも更に下へと沈むことで、謝罪の意を示そうかと本気で思い始めた時――

「ダ、ダメです‼」

「うおっと⁉」

ラティアが、俺の腰に真っ直ぐしがみついてきた。

その勢いにちょっとよろけるが、何とか受け止める。

「その、これは……嬉し涙、です」

「そ、そうなのか？」

その割には全然涙が止まってなかったが……。

「はい……ですから――」

俺のお腹に埋めていた顔を、ラティアはゆっくりと上げる。

「――いなくなるなんて、おっしゃらないで、ください」

「……あ、いや」

そこまで大袈裟な意味に取られていたのかと、慌てて否定しようとしたが。

「私を、ご主人様の、お傍に、ずっと、置いて、ください」

「お、おお……」

呻くような声になってしまった。

「ご主人様にお会いできて、本当に、本当に良かった……」

□◆□◆　□◆□◆　□◆□◆

あの後、ラティアが泣き止むまでしばらくかかった。

その間中、言葉もなくずっと頭を撫でてあげてたんだけど。

……もうね、ずっっっっっっと‼

我慢しっぱなしでヤバいっすわ‼

何がって、女の子って何であんなに柔らか良い匂いなの⁉

しかもずっとラティア、俺に抱きついてるでしょ⁉

ダイレクトにそれが伝わってくるの‼

生殺しですわ‼

かなりヤバかったが、そんな時だった。

「……？　何だ……」

あの穴の前に、何もない空間から突如、宝箱みたいなものが出現したのだ。

驚きはしたが、これはむしろナイスタイミングだった。

「ラ、ラティア‼　ほらっ、何か出たみたいだ‼」

そう言って俺がやんわりラティアを促すと。

「あっ……」

何か名残惜しいような、もう少しこうしてたかったみたいな声出されるんですよ。

ううう……。

今夜、眠れるかな……。

「宝石……かな？」

「綺麗な色ですね……」

現れた宝箱に近づいて開けてみる。

そこには、緑色に輝く掌サイズの結晶が入っていた。

ラティアも珍しそうな目でそれを見ている。

「……アイツが最初に手に入れたものと似た系統のアイテム、かな？」

ＤＤ――ダンジョンディスプレイの元となった結晶。

それを、織部はダンジョン攻略時の報酬として手に入れたと言っていた。

これもそうなのだろうか。

そうして光にかざすようにいろんな角度から眺めていると――

「〝アイツ〟って、誰のこと？」

突如、背中から、声がかけられた。

「うぉっ!?　――って、何だ逆井か」

逆井がのっそりと歩きながら、俺たちに近づいてきていた。

「むむ!!　アタシだったら悪い？」

「いや、そういうわけじゃないが……お前、起きてて大丈夫なのか？」

左の脇腹を押さえながら、逆井はゆっくりと歩いてくる。

その様子を見て、流石に心配せずにはいられなかった。

ラティアも同じことを思ってか、すぐに逆井のもとへと駆けていく。

そして逆井に肩を貸した。

「ああ、ありがとうラティアちゃん……まあ、ちょーっと痛むけど、何とか大丈夫」

逆井は苦笑いして、俺に心配するなと手を振ってみせる。

「そうか……後で、医者に診(み)てもらっとけ」

「ん、そうする……で――」

素直に頷(うなず)いた逆井は、この決して大きくはないダンジョンを見回した。

「あのウジャウジャのアリンコ……新海(にいみ)と、ラティアちゃんが、倒してくれたん、だよね？」

「うっ……」

核心(かくしん)に迫る問いかけに、一瞬頷きかける。

しかし、ギリギリのところで頭が制止をかけてくれた。

「い、いや……俺も、気づいたら、勝手にあのアリたちは全滅してたぞ」

何とか嘘(うそ)にならない範囲での答え方を考え出し、逆井にそう告げた。

……うん、完全に嘘ではない。

俺が気づいたら、勝手にラティア一人で片付けてしまっていたから。

「じ――――」

「な、何だよ……」

しかし逆井は、疑わしげな視線を向けてくる。

クッ、最近の女子は勘が鋭い‼

「なーんか怪しい――って‼　ゴメン、ラティアちゃん‼」

「え⁉　あっ、はい‼」

突然、肩を貸してもらっているラティアを促して、逆井はどんどん俺に近づいてくる。

そして、ラティアから離れ、俺の腕を取った。

「……新海、これは？」

「うっ……」

いきなり女子に腕を触られてドギマギしたというのもあった。

だが、言葉に詰まってしまった一番の理由は――

「……はぁ――ばか……」

「お、おい――」

「じっとしてて‼　もう……」

逆井は、俺の腕に無数についた蟻の歯形を見て、大きな溜息をつく。

そして、ポケットからハンカチを取り出した。

「ん？　……ふふん、家庭的っしょ！　――全く、どっちが怪我人だかわかんないし」

そうして俺をからかいながら、優しい手つきで血を拭っていく。

「ああ、ご主人様の腕から、こんなに血が出て……」

逆井が手当てするのを見て初めて、ラティアは俺の腕の惨状に気がついたらしい。

「――ん…れッ…ん、ぇるっ」

――って⁉

「ラ、ラティア⁉」

「えっ⁉　ちょ、ラティアちゃん⁉　なんで新海の腕舐めてんの⁉」

二人してラティアの行動に驚愕の声を上げる。

ってか、あっ、ちょ、そんな舌を這わせるように舐めないで‼

超くすぐったい‼

「……え？　血を一刻も早く止めようと……その、いけません、でしたか？」

怒られてしまった犬のようにシュンとするラティアを見て、俺と逆井はうぅっ、と唸り声を上げて仰け反る。

そしてなおも続けようとするため、流石にそれはいろんな意味でストップをかけた。

「だ、大丈夫。こんなの唾つけとけば治るから」

俺の咄嗟の言い訳に、ラティアはとても不思議そうな表情を浮かべた。

「えっと……ですので、私の唾液を……」

「バカ、新海のバカ‼　墓穴掘ってる‼」

うあぁぁ‼　スマン‼

「ああ⁉　えっと、あの……」

こういう時、自分の口下手さが恨めしい‼

「ラティアちゃん、こういうのは、えっと、大切な人が相手じゃないと、その、あれなんじゃないかな？」

助け船を出す形で、逆井が優しく諭すようにそう告げた。

ナイス逆井‼

だが――

「？　えっと……ご主人様は、私にとって、一番大切な方、ですが、それでもダメなのですか？」

ラティアはコテンッと首を傾げる。

「えっ⁉　あの、えっと、その――」

その純粋な言葉を受けて、逆井の方が何故か顔を真っ赤にして、あたふたし始めてしまう。

バカッ‼　お前が言いくるめられてどうすんだ‼

いや、ラティアの言葉は嬉しいけど、逆井も逆井で全部真に受けんなよ‼

単に衰弱してて危ないところを助けてくれた恩人って意味だよ‼

「お前が逆に言い淀むなよ‼　お前さてはあれか、純情ギャルか⁉　恋愛マスターっぽく見えて、実は初恋をずっと引きずってる初心な乙女パターンだろ‼」

「なっ‼　ひ、人の気持ちも知らないで、この鈍感ッ‼　二次元の美少女好き‼　ボッチ‼」

コイツッ‼

何でんなこと知ってんだよ⁉

「お、お二人とも――」

「救助隊ですっ‼　大丈夫ですかぁぁぁぁ⁉」

なおもヒートアップしそうなまさにその時。

入口の方から、来訪者が現れたことを示す声がした。

「どなたかぁぁぁぁ‼　返事できますかぁぁぁ‼」

入口の方から、大きな声でこちらに呼びかけてくる。

このままではこちらに来てしまう。マズいな……。

焦る俺と、それを見てあたふたするラティアに。

「――メアド」

何の脈絡もなく、逆井はその単語を口にした。

「は？　今それどころじゃ――」

「……色々、知られたくないこと、あるんでしょ？　――だから、メアド、教えてくれたら、協力してあげなくもないよ？」

そっぽを向き、ぶっきら棒な態度ながらも、そう告げる。

「…………」

「ほらっ、さっさと吐いちゃえば？」

「……悪い、助かる」

俺は自分のメアドを構成する文字をすぐに口にする。

覚えさせなければいけないので、その由来や順序などを早口に告げた。

「ああっ、それと……これっ、持ってけ」

俺は携帯用の薬草を懐からガバっと鷲摑み、逆井に押しつけた。

「え？　何これ――ってかちょっと青臭いんだけど。何かいかがわしいもの入ってたりしない？」

「入ってねえよ！　臭いくらい我慢しろ！　……薬草だ。それを、寝てる奴らに、できるだけ食わせとけ――後、お前もだ」

そう告げると、逆井はあからさまに嫌そうな表情をする。

「え～!!」

「文句言うな――」

「どなたか‼　返事、できますかぁぁぁ‼」

やっべぇ、救助隊の人が来るぞ‼

「じゃあ、頼むぞ‼　――ラティア」

「は、はい‼」

俺はラティアを引っ張って、大きな岩の後ろへと隠れた。

「はいはい。――あのぉぉぉ‼　こっちでぇぇす‼」

「声が⁉　――おおぉぉい‼　聞こえますかぁぁぁ⁉」

逆井が、駆けつけてきた救助隊を上手く引きつけてくれていた。

さて……。

「ご主人様、どうしましょう……」

「ああ、どうしようか……」

最善は彼らに、俺たちがここにいたと知られずに、外へ出ること。

確かに逆井は上手く注意を引きつけてくれているが……。

「入口付近に何人もいるし……」

何より数が多い。

いや、それはむしろ熱心に救助に当たっているのだから、褒(ほ)められこそすれ、非難されることではない。
ただ、俺にとっては……。
「――あっ、ご主人様‼」
ラティアが俺の袖を引っ張る。
小声で、俺の手を指さした。
「おっ⁉」
――手の中から、緑色の光が溢れ出ていた。
先ほど拾った、あの宝石だ。
ただ、その光はすぐに収束する。
掌を開くと、宝石は、光と共に消えていて。
だが、別の驚きが、すぐに俺を襲った。
「っ‼　――来てくれ」
頭の中で、どうすべきか、なぜか即座にわかった。
俺はＤＤ――ダンジョンディスプレイを呼び出し、起動する。
『新機能追加のお知らせ――　〝ダンジョンテレポーター〟を追加しました』
一番目のつくところに、その文章がデカデカと記されていた。
俺は指示に従い、それを進めていく。

『〝［廃神社跡　ダンジョン］〟へ　テレポートしますか？』

「ラティア、手を」

左手を前に出し、ラティアを呼ぶ。

「は、はい‼」

ラティアはそれに従うように、両手を重ねた。

それを確認し、俺は画面上の〝はい〟を選択。

すると――

「うっ――」

「キャ――」

ＤＤから、俺たちを包み込むようにして眩い光が放たれる。

それに堪らず目を瞑った。

瞬間、奇妙な浮遊感を覚える。

だがそれは１秒にも満たないもので、すぐに地面に足が着く。

眩さが薄れ、恐る恐る目を開けると――

「ここは――？」

「どうやら、移転、したらしいな」

――俺だけが知る、あの１週間前に訪れた最初のダンジョンにいた。

□◆□◆　□◆□◆　□◆□◆

念のため外に出てみたが、やはりあの廃れた神社の境内だった。

織部と出会った後、俺が一番初めに来た場所だ。

流石に、電車で街へ戻るのもしんどいので帰宅することにした。

「はぁぁぁ……疲れたな」

「お疲れ様です、ご主人様はお休みください」

家に戻ってきて早々、ドサッとソファに体を沈めた。

ラティアはそんな俺を見て、コップに水を入れてきてくれる。

「ああ、ありがとう――悪いな、こんなことになって」

折角服などを買いに行こうと街に出かけたのに。

ただ散策して帰ってきただけになってしまった。

「いえ‼　あんな大きな街を歩けたのも初めてで、凄く楽しかったです‼　それに――」

ラティアは頬を赤く染める。

そして自分の気持ちを確かめるように、一つ一つ、言葉を紡いでいく。

「初めて……この、芽生えた、気持ち……」

顔を上げる。

ラティアは照れて、はにかんでみせた。

「――ご主人様に、いつかお伝えできる日が、くれば、嬉しいです」

俺は、その言葉に、何も言えなかった。

ただ、そのあまりにも可愛らしい表情に見惚れながらも……。

――え、それって俺があまりに使えないってこと⁉

いや、ラティアは優しい子だ！

そこまで直接的な言葉で思っているわけじゃないかもしれない。

〝今回の戦い、私が殆ど片付けたのに、真っ先にソファにダイブして……このお方は色々とダメかもしれない――お可愛いこと……〟

――みたいに思ってるんじゃないだろうか⁉

〝あれ、何だろうこの気持ち……こんな胸の奥から湧き立つようにして生まれてくる――そうか、これが他者への諦めという気持ちなんですね！〟

――うわぁぁぁぁ‼　使えない主人でゴメンよ‼

〝でも、直接言うのは流石に憚られます……「いつか、ご主人様にこの気持ちをお伝えできる日が来れば……嬉しいです！」――うん、これなら〟

――ぎゃぁぁぁぁ‼　純真なラティアに、そんな建前と本音のドロドロさを教えることにな

ってスマン‼

「あの、ご主人様？」

頭を抱えて自分の無能さを呪っていた俺を心配してか。

俺の顔を覗き込むようにして、ラティアは眉を下げていた。

「お、おお、そうだ‼　テレビ見ようテレビ‼」

俺の脳内にいる黒ラティアがいろんな呪詛を吐いて憐れんでくる。

それを振り払うように、急いでリモコンを手に取った。

『――緊急会見　世界で初‼　日本がダンジョンを攻略‼』

右上にデカデカと現れたその文字。

今丁度、官房長官がしゃべり終え、記者たちとの質疑応答に移るところだった。

「……さっきの、あのダンジョンのことでしょうか？」

ラティアが隣に座ってきてそう言った。

……何か微妙に距離が近いような気がするが、まあいいや。

「多分な……」

記者の一人が当てられて、所属、名前などを名乗った後。

簡潔に、どのような経緯で攻略に至ったのかと質問した。

『えー。今回〇〇××に出現したダンジョン付近に、ダンジョン探索士の候補生が、偶然居合わせ――』

　回答では、負傷者数なども含めた数字は具体的に話すものの。

『――避難誘導も適切に行い、ダンジョン内にて臨機応変に行動し、今回の攻略に至ったと聞いております』

　どうやって攻略したのか、そのＨｏｗの部分はぼかして、あるいは曖昧に答えていた。

　……まあそりゃそうだ。

「あの、宜しいんですか？　ご主人様が攻略されたのに……」

　ラティアの窺うような表情に、俺は頷いて返す。

「一番の功労者のラティアには申し訳ないが、目立ち過ぎると色々と面倒なことが多いから」

　そう言うとラティアは「私のことはいいのですが……」と引いてくれる。

　と言っても、一番ツッコまれると厄介なのはラティアの存在。

　だって、国籍のない異国人、異世界人だ。

　そこに焦点がいくのはマズイ。

『――未だ調査中のことも多く、今後、居合わせた候補生などから事情を聞きつつ、解明を進め、適切に対処したいと思います』

　官房長官は流石、その後ものらりくらりと肝心のことをぼかしながら答えていた。

「――とりあえず、お腹が減った。ご飯にでもするか」

質疑応答の途中だったが、ごたごたのせいで昼食を逃していたのだ。

俺はラティアを促し、遅い昼食兼早めの晩飯を食べることにした。

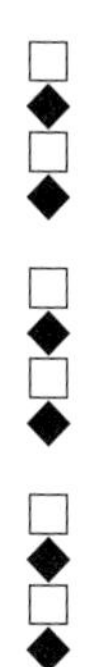

簡単に作った卵と野菜の炒め物。

それと白ご飯、インスタント味噌汁をかき込んで夕飯を終える。

そして風呂にさっと入り、さっと上がった。

その後はゆっくりくりとまた、ソファでくつろいでいた。

今はラティアが風呂に入っており、一人だ。

……いや、別に変な意味はない。

だってラティアが先だと色々問題あるだろ？

ラティア本人も、俺に申し訳ないって渋るし。

後、ラティアが浸かった湯に俺が入るのも……なぁ？

それはそうと明日、また改めて買い物に行くことにした。

なので今日は早く休もうかと考えていると、丁度その時、機械が振動するような音が鳴る。


「――ふぃぃぃぃ……」

「織部か――いや、これは……」

違った。

普通にスマホの方が振動したのだった。

誰だろう……――って!!

「うっわ……逆井の奴か」

メールが届いた。

件名から何から、いろんな絵文字を使った、目がチカチカする超頭の悪そうな感じのもの。

一例として、『マジ疲れた～!!』の前後を挟むようにして、可愛い熊が何故か逆立ちしている絵文字が使われている。

……疲れたとの関連性が行方不明なんだが。

『偉いおじ様方の話ちょー長い!! 途中何言ってるかわかんなくなって、〝ですね〟で乗り越えた!!』

この文章の中だけでも、人の体をした魚が共食いしてる絵文字や、畳が怒り心頭でソファを持ち上げてる絵文字などを多用していたのだ。

……俺はお前の言ってることがわかんねえよ。

途中、逆井のメアドを俺のに登録しといて、という趣旨の文章がいきなり挟まり。

そこからまた話が戻って。

今度は、短いメッセージを送れる有名なアプリを、俺が入れてないことに不満を漏らし。

そしてまた戻りと、話があちこちに飛ぶ。

「コイツ……伝えたいことがさっぱりわからん――ん？」

添付ファイルがついていることに気づいた。

『何か、アタシの処遇は保留なんだって！　でもとりあえずは優秀な探索士であることをゴリ押しする方向で、って感じだった！』

その文面の後、探索士の制服の完成版を一番に着せてもらったと書いてある。

その添付ファイルが、その制服を着た写真だったのだが――

『新海、ラティアちゃんとずっといてムラってるでしょ‼　アタシをオカズにしていいよ～ん！』

との文が添えてあった。

逆井が、とてもこっ恥ずかしい探索士の制服を着ている。

が、上のノースリーブのアンダーウェアやシャツだけ何故か装着していない。

上半身の肌が露出した状態で、自撮りしているのだ。

「何やってんだコイツ……」

右手でスマホを持って、左のアームカバーを纏った腕で上手く胸部を隠している。

それがかえって卑猥になっていて……。

コイツはわかってやってるんだろうな……。

「——あの、ご主人様？」

「うぉっ⁉　——お、おお、ラティア。上がったんだな？」

風呂から上がって、髪がまだ半乾きのラティアが後ろに立っていた。

「あの、何をご覧に？」

「い、いや何でもない——」

俺は慌ててそのメールを閉じる。

「きょ、今日は疲れたから早めに休もう——明日こそ、買い物行こうな！」

「そう、ですね……はい！」

ちょっと返事に間があったが、ラティアは笑顔で頷いてくれた。

ふぅうう。

危ない危ない。

あれは流石に、ラティアには見せられないからな。

その後は疲れていたこともあって、２時間くらい何もせずダラっと過ごし、早めに眠ることにしたのだった。

「――あの!!　もっと過激なものか、サキュバスの衣装みたいなのはありますか!?」

次の日。改めて訪れた駅付近のビルにある、女性モノ衣装売り場にて。

ラティアがそんな衝撃の言葉を発した。

パブリックスペースの巨大ディスプレイですら、昨日のダンジョン攻略の特番が流されている中。

……俺は今、織部の下着や衣服を買うこと以上に、顔から火が出る思いでいたのだった。

「あ、あの……コスプレのこと、でしょうか……サキュバスとはまた――」

女性店員さんが、後ろに控(ひか)えていた俺に意味ありげな視線を向けてくる。

「……彼女さん、大胆(だいたん)ですね！」

彼女じゃないんだが。

もう色々と間違っている。

「あの、ラティアちょっと……」

「はい？　何でしょう……」

ラティアは、先の発言が全く問題だとは思っていない。

俺は店員さんに断りを入れて、空(あ)いているフードコートスペースへ連れていく。

「えっと、な？　サキュバスの衣装が着たいっていう気持ちは今ので十分伝わった」

だが他の気持ちは一切わからなかったが……。

なので、変な地雷というか別のやる気スイッチを押してしまわないために、慎重に言葉を選んで話す。

「でもな、サキュバスの衣装はちょっと特殊で……多分ここら辺じゃ売ってないかな……」

「え⁉　そ、そんな……」

ラティアはまるでこの世の終わりみたいな落ち込み方をする。

……そんなに着たいのか。

何だか今朝から張り切っていたが、やっぱりその種族の正装をするっていうのは大事らしい。その人の根幹に関わるものだしな。

「……でも、通販とか、オーダーメイドならいけると思うから、そっちにしてくれ」

「〝おーだーめいど〟、ですか？」

スマホを貸して、基本的な使い方、検索をどうやってするか、オーダーメイドの意味などを伝える。

「自分で探してみた方が、合うものも見つかるだろう」

「はい‼　ありがとうございます、ご主人様‼」

店の入口まで二人で戻る。

そして今回はそこにラティアを置いて、俺一人で店に入った。

……恥ずかしいが、仕方あるまい。

それに、一応ラティアも、入口にはいてくれるし。

「ふぅう……」

何とか、織部の注文の品と、ラティア用のものを購入する。

レジでは、先ほどの店員から話が伝わっていたのか、俺が「あの子用です」的な雰囲気を出すと、普通に購入できた。

ただ財布が結構軽くなってしまったな。

毎月親父やついていった母さんがまとまった金を入れてくれるが。

今後、自分でも何か考えないと……。

「――おおい、ラティア‼」

「あっ！　ご主人様！　合うの、見つけました‼」

俺の姿を認めると、ラティアはスマホから顔を上げ、パタパタと嬉しそうに駆け寄って来た。

「お、どんなだ？」

俺が促すと、ラティアはその画面を俺に向けてくれる。

「これと、これです‼　この二つが、一番私の着ていた服に近いです‼」

「どれどれ……――えッ」

ラティアが見せてくれた画像は、確かにサキュバスの絵だった。

ただ、二つとも……。

「？　ご主人様？」

「えっと……」

俺は、首を傾げるラティアに、どう伝えればいいか、言葉に詰まった。

――両方とも、〝服〟と表現していいのか迷う程に、着ているものが過激なのだ。

しかも、これ、よくよく見てみると……。

どっちも開かれてるの、18禁ゲーのキャラクター欄やん！

それで、そのヒロインのサキュバスやん！

俺はその場で、買った商品の袋を手に持ったまま、頭を抱えた。

□◆□◆　□◆□◆　□◆□◆

「――あの、ご主人様、ありがとうございます」

帰り道。

少し日が暮れ始めている。

あの後、とりあえず説得した。

帰ったらちゃんとオーダーメイドは見積もり・注文してみるから、だから今は既製品を買おう、と。

大手通販サイトを見てみたらサイズの融通は利かないが、それらしいものは買える。

そしてそれは卑猥さというかエロさみたいなのも、ある程度抑えられているのだ。

「いや、別にそれくらいなら、な」

俺は両手に多くの袋を抱えながら。

少し気恥ずかしさがあって、つい手を口元に持っていった。

〝サキュバス〟という個性が、ラティアを形作る要素なのに、我慢を強いたのだ。

ラティアは納得してくれたが、流石にちょっと申し訳なさもあった。

なので、先日のダンジョン攻略のご褒美的な意味もあって、贈り物をしたのだ。

「……一生、大事にします」

ラティアは手の中にあるそれらを、まるで宝石でも扱っているようにそっと持っていた。

「一生は大袈裟だって」

いつもは俺の言葉を聞き入れてくれるのに。

「いいえ‼　本当に、ずっと、ずっと……大事にするんです」

これだけは頑なに聞いてくれなかった。

ラティアは、贈り物に、慈しむような視線を向けている。

大切にしてくれるのは嬉しいんだが……。

「……えっと、でも、着けるのは、家だけに、してくれよ？」

俺の言葉を受け、ラティアの表情が歪む。

「……どうして、ですか？」

「どうしてって……」

俺はラティアの目を見れない。

だって、それ――首輪とベルトですもん。

「……ベルトも、腰にするんじゃないんだろ？」

首輪とは別の、ラティアの手の中にある４つのベルトを見る。

大きさの異なるもの二つを２セット。

ラティアはさも当然とばかりに頷いた。

「はい‼　首以外にも、ご主人様に所有していただいている証として……」

両の二の腕付近。

そして太腿辺りを目で示した。

「……ＯＫ。やっぱり家だけでな」

「そんなぁぁ⁉」

そんなん外でやられたら余計目立つだろ‼

ただでさえラティアは目を引く外見をしてるんだから。

「ふぅぅ……じゃあ、これ。収納、自分でできるか？」

家へと戻ってきて、ラティア用の衣服が入った袋を渡す。

「はい!!」

2階にある客間の一つが、今のラティアの部屋だ。

ラティアは嬉しそうに、パタパタと音を立てて上がっていった。

「さて――……ん？」

何とはなしに、スマホを見る。

そして目的なしにいじっていると、目を引くところがあった。

本当に、特に意味があったわけではないが、検索サイトの検索履歴（りれき）が目に入ったのだ。

そこには――

『サキュバス　過激　服装』や『サキュバス　エッチ　大胆』など。

この後も似た内容の検索が続く。

「…………」

俺はそれを見て、何とも言えない気分になる。

更に見てみると――

『サキュバス　ムラムラ　誘う』

『サキュバス　襲われる　衣装』

『襲ってもらう　どうしたら？　エッチな衣装』

『大胆　女性　引かれる？』

「あ、ここでちょっと正気に戻った……」

ラティア……俺が女性ものの下着とか服とかを買っている間に、何を調べてんだあの子は。

ちょっとプライバシーを覗いてしまったようで、罪悪感はあるが。

でも本当、人のスマホだよ、これ？

思春期の男子が消し忘れた、ＰＣの検索履歴かよ。

『首輪　所有される　嬉しい』

『ベルト　二の腕太腿　嬉しい』

「――あかん」

これ以上はやめておこう。

俺は今日一日の検索履歴を削除(さくじょ)した。

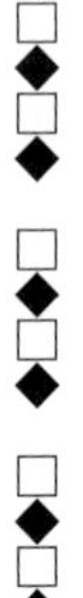

次の日の夜。

『――ダメです!!』

画面に映る織部は一も二もなくそう答えた。
昨日のうちに、以前から頼まれていたものをようやく送ることができた。
ダンジョンのことや逆井のこと。
色々と話すことがあるといい添えてメール機能で伝えたのだ。
すると、通信を繋げた瞬間、開口一番にこれだ。
「……いや、色々話すことがあってだな――」
『ですからダメです!!　ぜぇぇぇっっったい、ダメです!!』
織部は、先日俺が買った、明るめのジャケットを着て。
控えめな色のフリルスカートを、そしてニーソックスを、穿いて。
……恐らく、その下も俺が買ったのを穿いて。
盛大に拒否っているのである。
「……俺が何を話すか、わかって言ってるか？」
送ってくれたことに対する感謝の言葉でもなく。
否定から入られると流石に戸惑いを隠せない。
『梨愛に私のことを話すってことですよね？』
「……ああ」
『話したら絶対ダメですからね!?　フリじゃありませんからね!?』

ここまでの拒否反応は珍しい。

「……何か、理由でも？」

俺がそう言うと、織部は顔を真っ赤にして捲し立てた。

『ま、また!! また新海君は私の口からそういうことを言わせるんですか!?』

え？ まったく心当たりがないんだが。

そう伝えるが……。

『嘘です!! その目は絶対に嘘の目です!!』

「いや、そう言われても、織部の口から言ってもらわないと、俺わからないんだけど」

『……梨愛に知らせたら、どうやったって私と新海君の、あの出会いの部分に話がいくじゃないですか』

すねたような表情でプイっと横を向き、そう口にする。

「……そりゃ、そうだろう」

『……そしたら、私の変身能力にまで、話がいきます』

「……まあ、な」

そりゃいくだろう。

『もう!! 言いますよ、言えばいいんでしょう!? 私の痴態を新海君に見られたってところを、どうしたって話さないといけないじゃないですか!!』

「え、それだけ？」

自分の親友に、自分が生きていることを話すのを躊躇う理由が、それだけって……マジ。

俺の態度を見て、織部は更に顔を真っ赤にした。

『それだけとはなんですか⁉　それを知られたら、私たちの協力関係にまで話が及びます‼　じゃあ私が新海君に、自分の着たり穿いたりするショーツやソックス、服まで買ってもらってることも知られるんですよ⁉』

「……いや、そりゃしゃあなくないか？」

『絶対ダメです！　ダメよりのダメです‼　ＹｅｓかＮｏで言ったらＮｏなんですよ‼』

織部の暴走は止まらない。

『新海君が、嗅いだり舐めたりした後のかな、とか私が想像して、その衣服を着たり脱いだりして恥ずかしがってることも‼　全部知られて――ハッ⁉』

早口だった織部が、いきなり何かに気づいたように驚愕の表情を見せる。

そして口をあわあわさせる。

『に、新海君……やっぱり、私にそういうことを言わせてからかっていましたね⁉』

「いやいやいや‼　今のは完全に自爆だから‼　俺何もしてないから‼」

『ああ……最悪だ……』

織部も何となくは自滅してしまったことを理解しているのか。

頭を抱えたまま、ブツブツと呟き出す。

『これは夢だ……夢に違いないんです……男の子に自分の恥ずかしい妄想内容を全部知られるとか……』

「おーい、織部ぇぇ……戻ってこ～い」

織部は光の失われた瞳で、膝を抱えていた。

『新海君の目が言ってるんです……〝織部は痴女なだけでなく、妄想癖も凄いなんて、学校では清楚なフリして猫かぶってたんだな、性欲持て余してるんじゃないか。そういう大人な道具も送ろうか〟って』

「いや、それは考えすぎだ――って……」

ダメだ……全然聞いてない。

このままじゃDPも無駄になるし。

織部自身も後で正気に戻ったときに、それを申し訳なく思うかもしれない。

「……一旦切るぞ」

『どうせ私は変態ですよ……夜な夜な新海君の大きな手を想像――』

ブツッ――

「……やばい、最後の、何言ってたか気になる終わり方になった」

もうちょっと、継続していればよかったかもしれない。

□◆□◆　□◆□◆　□◆□◆

時間を空け、もう一度通信を繋ぐと……。
『……すいません、取り乱しました』
織部はいつも通りに戻っていた。
「……ああ」
冷静になった織部と話し合い、逆井にはしばらく黙っていることにした。
今こっちの世界で織部や俺がやったのを除いて、初めてダンジョンが攻略されたこと。
その渦中（かちゅう）に、新設されたダンジョン探索士の候補生には逆井もいること。
それらを話した上での決定だ。
「じゃあ、逆井に話す時期については、織部に任せるよ」
『はい、梨愛のこと、よろしくお願いします』
それで一応、今日話すべきことは話し終わった。
さて、他に何かあるかなと考えだした時……。
『――そういえば、新海君、ちゃんと定期的に薬草やポーションはとってますか？』
織部は今思い出したように、唐突（とうとつ）にそう口にした。

「ん？　――ああ、ポーションは忘れることもあるが、薬草はキチンと」

『へ～、感心ですね！　どれくらいの頻度で？　やっぱり〝2日に1枚〟くらいですか？』

……え？

「おいおい、織部、言い間違えてるぞ？」

俺が指摘してやると、織部は『え!?』と恥ずかしそうに手を口に当てた。

『す、すいません!!　無意識にどこか間違えたみたいで――私、なんて言いました？』

「薬草の食べる頻度。〝2時間に1枚〟だろ？　お前〝2日に1枚〟って」

俺がしょうがないな、と思いながらそう言うと、織部は――

『……へ？　えっと……合ってますけど』

ポカーンとする。

それを見て、俺もポカーンだ。

「――……ははっ、おいおい。織部も俺をからかってるんだろ」

苦笑いしながらそう言ってやる。

だが負けじと織部も。

『……フフッ、もう騙されませんよ？　新海君こそ、また私をからかって!!』

「いやいや、織部こそ!!」

『いいえ、新海君こそ!!』

お互い、いやーな汗をかいてきた。

「…………」

『…………』

沈黙。そして――

『――えっ⁉　新海君、〝2時間に1枚〟薬草を口にしてたんですか⁉』

「――いや、織部こそ‼　〝常に絶やさず〟って言ってたじゃねえか‼　なのに〝2日に1枚〟って〝常に〟の用法間違えてるだろ‼」

どちらも何か盛大にマズイ勘違いをしていたことになる。

ただこの場合、より冷や汗をかいてるのは俺の方だった。

「いや、えっと、今もちゃんと〝1時間に1枚〟欠かさず食べてるけど。寝てる時間は無理だから、起きたらその分、一気に3枚とか4枚を、2、3時間連続で……」

俺が段々尻すぼみにそう告げると、それに伴って織部の顔色がサーっと青くなる。

それこそ、薬草の色みたいに……。

『――に、新海君‼　体、体は大丈夫なんですか⁉』

画面に飛びつくようにして、織部は真っ先に俺の体の心配をした。

……そのことが真っ先に思いやられるほど、俺はかなりマズイことをしていたらしい。

第9話

「薬草の過剰摂取って……そんなにマズいのか？」

恐る恐る、織部に尋ねてみる。

『マズいなんてものじゃないですよ‼　最悪体を壊します、死にます‼』

死ぬとか直球‼

マジで⁉　薬草なんて名前なのに⁉

『それで、本当に体は大丈夫なんですか⁉　新海君、無理とか、してませんか⁉』

今すぐに体を触診してでも無事を確かめたいが、それができなくてもどかしい――そんな焦燥感が織部の様子から見て取れた。

俺はちょっと真剣に、自分の体の様子をあちこち見てみる。

「……一応、何ともない、な」

『……本当に？』

「ああ」

俺の言葉を聞いて、織部はホッと息を吐き、胸元を撫でた。

『今すぐにどうこうということは、なさそうですね――薬草はですね、本質的には〝毒〟でもあるんです』

織部は一度頷いた後、薬草がどういうものかを語った。

「……なるほど、つまり、ポーションが異世界版の栄養ドリンクみたいなもん、と思えばいいんだな」

薬草から有効成分や、少ないながらも存在する魔力を抽出して、液体としたものが一般的に〝ポーション〟と呼ばれるそうだ。

俺は織部の話を自分なりに嚙み砕いて表現して伝えた。

『まあ、簡単に言うとそんな感じです』

肯定してくれたので、多分、頭の中の整理はこれでいいはずだ。

「じゃあ俺は、つまり――」

講義してくれた織部自身も、俺がきちんと理解できているか確かめるように耳を傾ける。

「微量ながらも、毒と魔力を超短期間で、多量に摂取したわけか」

『そうです。本当なら体を壊していてもおかしくありません』

異世界人は生まれた時から薬草を摂取する機会がある。

だから年単位で、少しずつ、少しずつ、魔力やその毒に慣れていく、慣らしていくのだ。

それを、俺は1カ月もしない間に、相当な量をバクバクと口にしていたらしい。

織部もそんな俺に呆れたような半目を向けている。

『体が疲れたり、傷ついたりした、ここぞという時に使うことが多いんです。何もないのに時間単位で食べるものじゃないです、普通は』

「…………」

織部だって異世界歴2カ月も経ってないくせに。

『何ですか？　新海君、何か言いたそうな目をしてますが』

「いいや、何も？」

口を閉じておく。

今回ばかりは何も言わないが吉だ。

「毒も使い方によっては薬になる――それが本来の薬草の認識、なんだな」

俺は空気を変えるため、また理解したことを言葉にする。

織部が頷いたので、俺は続けた。

「それで、体力回復のために使ったら――」

『後に残るのは微量でも毒の部分、ですから……体外に排出するために、間隔を空けるんです』

引き継ぐように織部が要約してくれた。

そして更に俺がそれを纏める。

「……つまり、俺の体内には、毒や魔力が殆ど排出されず、残っている、と」

そりゃぁ織部が心配するわ。

簡単に言うと、薬草は大まかに①体力回復　②魔力　③毒　の、３つの成分に分けられる。
③はとても微量だから普通は気にすることはない。
②も、まあ残るのはほんの極わずか。
ただ今回俺は、体が老廃物を体外に排出するのに必要な間隔を空けなかった。なので、体内に②と③が溜まりに溜まっちゃってる、と。

『はい。魔力は多ければ多いほど良さそうなイメージですが……』

「これも、同じか」

今まで魔力を持たなかった体には、微量なら問題ないが。

小さい風船にちょっとずつ空気を送り込むようなもの。

許容量以上はパンクの元なのだ。

「――ふぅぅぅ。いかに自分の体内がドロドロなのかがわかったよ」

『はい。ただ、なのに新海君が無事、ということが不思議なんです』

……えっ、織部は俺に死んでいてほしいの？

まあ、確かに、織部の恥部を知っている俺なんかは消えた方が安心だろうが。

『ご、誤解です‼　た、確かに新海君の記憶を改竄できたらと思ったことは一度や二度じゃ済みませんが――』

済まないのかよ。

『ちゃんと心配したじゃないですか‼　生きていてほしいと思ってます‼　――って、恥ずかしいこと言わせないでください‼　またからかってますか⁉』

一人で何だかわたわたしているが。

その気持ちは一応伝わった。

「……そうか」

『そうではなくてですね――』

コホンッ、と空咳を挟んで、織部は真剣な表情になり――

『新海君は、【ヘイトパフューム】という形で、昇華・消化、排出をしているのかもしれません』

そう口にした。

あれから3日。

夏休みも後半へ差しかかった中。

俺はまた、ダンジョンに潜っていた。

「――だらぁぁぁぁ‼」

俺の体重が乗っただけの拳。

〝ひのきの棒〟よりもこちらの方がダメージを与えられると思い、途中から素手になった。

それが、泥団子を生物化したモンスターに命中する。

顔面がかなり可愛らしいものとなっているが、関係ない。

「――ドリィッ⁉」

一撃で砕け散る。

手に結構汚い泥が付着した。

鳴き声も若干可愛らしいが、気にしない。

「次ぃぃ‼」

「――ドロリィ‼」

「――ドリィ‼」

別の泥団子が複数で襲いかかってくる。

戯れたら、もしかしたら癒されるかもしれないが、容赦しない。

「ふんっ、おらっ‼」

相手の攻撃自体は単調で、迎撃は容易い。

拳骨で叩き落とし、次はビンタ。

涙目で、ウルウルと見上げられたら心揺らぐかもしれんが。

それでも――

「ドロロロッ!?」

「ドドドッ!?」

一撃でひび割れ、土の残骸となって地に落ちる。

だが、油断はできない。

「――ええい、やっぱり俺の方に群がってきやがる!! 俺はお前らのために良い匂いだしてんじゃねえんだよ!!」

泥団子のモンスターは軽く100体はいる。

それでも先ほど見たように1体1体が極めて軟弱。

そのため、脅威度はそこまで高くない。

でも――

「《闇よ、その腕をもって、眠りへと誘え――》」

詠唱する、明らかに隙だらけのラティア。

にもかかわらず――

「ドロリッ‼」

「ドロロロ‼」

「ドロドロッ‼」

まるで花の蜜に誘われるミツバチの如く、モンスターたちは俺だけを目指して集まってくる。

そしてそれがおよそ100体いるのだから。

たとえ雑魚の集まりであったとしても堪ったものじゃない。

「クソッ、あっ、イタッ」

もうここまで来たら、ハエ叩きゲームである。

俺にぶつかっても、泥団子は水風船の如く弾けて死んでくれる。

ただ俺には殆どダメージはないが。

「このっ、クソッ、おっと……」

下手くそなダンスを踊るようにして飛んでくる泥玉をかわす。

その一つが、石壁にぶつかると——

ドスッ
「うっわ……」

物凄く鈍い音を立てた。

メディシンボールでも当たったみたいな、鈍い音。

俺が食らった分にはそこまで痛くはないのだが。

「この音を聞いたら、積極的に当たりたいとは思わねえよ――っと‼」

時には叩き、時には同士討ちさせ、そして時には体で受け止め。

そうして時間を稼いでいると――

「――【デーモン・ハンド】‼」

詠唱が完成した。

ラティアの右腕に、闇が渦を巻くように集まっていく。

そしてそれは、巨大な悪魔の腕を形作る。

真っ黒で、元のラティアの細腕からは想像できないような、おぞましい腕。

「ふんっ‼」

その可愛らしい声とは裏腹に。

右腕を払うようにして移動させると、その線上にいた泥団子のモンスターは、次々にその腕に呑み込まれていった。

「えいっ‼」

今度はそれを、来た道を戻るようにして、ラティアは動かす。

そしてそれも掠るだけで、相手の存在を消滅させる必殺の一撃になった。

「――ふううう。終わりました、ご主人様‼」

辺り一帯を掃除し終え。

右腕に集まっていた闇が徐々に霧散していった。

そして元のラティアの綺麗な細い腕が、姿を見せる。

「あ、ああ……お疲れ」

俺は泥だらけの姿で、駆けてきたラティアを労う。

「やっぱりラティアは凄いな……一発で全部終わる」

昨日、一昨日も別のダンジョンに潜ったのだが、その時も同じように俺が時間を稼ぎ、ラティアが仕留める、というやり方で片付いた。

「いいえ、そんなことありません‼　私は、ご主人様がいてくださるから、詠唱できるんです‼」

ラティアは何の疑問もなくそう言ってくれる。

確かに、俺がその役割を担えている、という面もあるだろうが。

「うーん、時間稼ぎ役をできるのは嬉しいが、モンスターにモテモテは勘弁してほしいな」

先日の織部の話を思い出す。

俺が、体内で膨大に溜まってしまった魔力と毒素を、どう処理しているか。

【ヘイトパフューム】――織部はそう評した。

ゲームとかでよく〝ヘイト管理〟とか、〝ヘイトを集める〟とか、聞くだろう。

薬草からその有効成分を抽出してポーションなどを作る。

それとはまた別に、聖水とは反対の効果——魔物を惹きつける液体を作ることもできるらしい。

ゲームとかで言えば、レベリングのためにモンスターと頻繁に出会いたい時に使う、あれみたいなものだ。

そんな感じで、俺は体内の魔力と毒素を、体外に出している、かもしれないと。

「ご主人様は、モンスター以外にも、おモテになると、思いますが……」

ラティアはそう言ってくれるが、まあ社交辞令的にフォローしてくれてるんだろう。

俺はそれには答えず、今の戦闘を振り返る。

「……魔物を惹きつけるフェロモンを、汗として体外に少しずつ出しているかもしれない、か」

気合いを入れると、普通にモンスターたちは俺を目指してきた。

ラティアもいるのに。

更に言うと、詠唱で完全に無防備なのに、だ。

「はぁぁ……まあ、要するに考え方次第だな」

パッシブスキルみたいな形で、モンスターのヘイト値を徐々に高める、高めてしまう。

それはもう仕方ない。

ただ見方を変えれば、ラティアの詠唱中の安全は確保できるということ。

……まあ俺の怪我がその分増えるけれどね。

「──ご主人様、それで、お怪我は？」

俺の考え事が一通り終わったのを見計って、ラティアがそう問うてくる。

「ああ、いつも通り、小さい怪我はあるが、大丈夫だ」

以前のアーマーアントの噛み傷もそうだし、昨日一昨日のダンジョンもそうだったが、掠り傷とか打撲はかなり多い。

だが大怪我を負ったことは、今まで一度もない。

「……ご主人様は体内の魔力保有量が随分豊富ですからね」

「ああ、それで防御力・回復力もついたんだろう」

うん、やはり考えようだ。

何かタンクっぽい役割にはなるが。

薬草のバク食いは、俺のヘイト能力を強化。

そして純粋な身体能力、主に体力面を向上してくれたらしい。

「さて──」

俺はＤＤ──ダンジョンディスプレイを宙空から取り出す。

そして『ダンジョンテレポーター』の項目へ。

開いた画面・マップの中には赤い点や青い点が散在している。

その中で一際大きな赤い点に触れる。

『※テレポートできません‼ 〝校舎裏 ダンジョン〟は未だ攻略していません』と出る。

俺が最初にこの機能をゲットして転移した廃神社跡などは、青く光っている点のところだ。

他方、赤い点は、転移こそできないが、今わかる範囲でダンジョンの場所を教えてくれる。

そしてこの点の大小から、ダンジョンの強さ・ランクが大体わかる、というのがラティアの言だ。

「ラティア。DPを回収したら、行くか‼」

「はい‼ Lv. 10以上――Fランクダンジョン、ですね‼」

ラティアを促して、奥へと進む。

〈Congratulations‼ ――ダンジョンLv. 3を攻略しました‼〉

俺たちの気持ちに応えるように。

Gランクダンジョン攻略を知らせる音声が鳴った。

第10話

「ラティア、玄関で待ってるから！」

もうそろそろ降りてくると思うが、一応2階へと声をかける。

「かしこまりました、すぐに向かいます」

少し慌てたような声が返ってきた。

昨日準備していたはずだし、それほど手間取ることもないとは思うが……。

急いでいるわけではないと伝えておく。

「ちゃんと待ってるから、ゆっくりでいいぞ？　──さて……」

俺は待っている間、ＤＤ──ダンジョンディスプレイを見る。

今現在の保有ダンジョンポイントは『ＤＰ：６０１０１』となっていた。

「あのアーマーアントのＤＰが得られなかったのが痛いな……」

あの時は見つかりたくないがため、回収前に転移してしまった。

「それに、３つ攻略してたったの１２０００ぽっちってのも辛い」

昨日までに合計3つダンジョンを攻略したが、稼げたのはそれだけだ。

俺が一番最初に攻略したのだって27000あったのに。

「……まあ、攻略順位の特典が大きかった、のかな」

あの廃神社跡で2番目。

アーマーアントのダンジョンが3番目、これはDPを入手できなかった。

そしてその後、今日までに攻略できたので3つ。

つまり4、5、6番目。そりゃ順番が下がるにつれて得られるGradeも下がる。

「今後のことも考えると、後40000は欲しいところなんだがな……」

夏休みも残りの日数が少なくなってきた。

それが明けて、学校が始まると……ラティアは、独りになる。

学校から帰ったら勿論一緒にいられるが、今より顔を合わせる時間はぐっと減るだろう。

だから――

「寂しい思いを少しでもさせないためには、やっぱり――」

もう一人、新しく誰かを雇うことも視野に――

「――ご主人様、お待たせしました‼」

「おう、いや、全然大丈夫だぞ？」

ラティアが階段を元気に駆け下りてくる。

俺はＤＤを仕舞い、振り向いた。

「へー……今日のも、そ、その、に、似合ってるな」

「そ、そうですか？　あ、ありがとう、ございます。嬉しいです……」

お礼を言いながらも、ラティアは恥ずかしそうに少しモジモジする。

「……あれ？」

ラティアは昨日一昨日と同じく、今日もダンジョンに適したスポーティな装いをしている。

上下、迷彩柄のアンダーウェアを着て、その上に薄いジャケットと、パンツ。

そこらでジョギングしていても、何らおかしくない。

ラティアの可愛らしさ、健康さをより引き出すものだ。

だが明らかに違和感が……。

「えっと……」

「……すみ、ません」

申し訳なさそうに、そして恥ずかしそうにするラティア。

原因は彼女のジャケットにあった。

――ジッパーが、上がり切っていない。

そのせいで、アンダーウェアの胸元で、形の良い二つの膨らみが自己主張しているのがハッキリとわかってしまう。

……心なしか、パンツもちょっと張ってないか？

「なるほど、それでちょっとばたばたしてたのか」

「う、ううぅぅ」

ラティア曰く、サキュバスは自分の性的魅力を高めようとする性質があるらしく、身体的にもそうした特徴がどんどん育っていくそうだ。

なので、こちらに来て栄養価の高い物を食べ、さらにモンスターを倒して経験値を蓄えたことで、ラティアは女性として、どんどん魅力的になっている、ということなのだ。

……ま、まあ恥ずべきことではないと思う。

ただ、偶にラティアは性に関して物凄く積極的になっていたが、どうやら恥ずかしいことは恥ずかしいらしい。

「……あー、まあ、サキュバス、だからな。うん、気にするな」

「……はい」

フォローしてみたが、未だ恥ずかしさのせいか、顔の熱が取り切れていない。

……大丈夫だろうか。

□◆□◆　□◆□◆　□◆□◆

「――うわぁぁぁぁ‼　ご主人様‼　風が凄く気持ちいいです‼」

さっきまでの心配は、もうすっかり消え去っていた。

「だろ？　朝だしな、蒸し暑さもない、快適だ‼」

後ろから聞こえる声に、俺は少し声を大きくして答える。

周りに人の姿はほとんどない。

そんな中で、こうして風を切るようにして走るのは、とても気持ちがよかった。

「〝自転車〟ぁぁ‼　とっても便利です‼」

初めての自転車を見事に乗りこなして、ラティアは素直な感想を口にする。

よっぽどお気に召したらしい。

本人は運動神経は良くない、と言っていたが。

モンスターを倒す割合は俺よりも圧倒的にラティアの方が多い。

なので、身体的能力の上昇も、俺よりラティアの方が大きいのだろう。

「ですが、本当にいいのですかぁぁ⁉　私がご主人様の〝自転車〟に乗ってしまって⁉」

「ああ‼　俺はこっちの、ちっこいの、乗り慣れてるからな‼」

俺は、市が導入しているシェアサイクリングの自転車に乗って、ラティアは俺が普段使う自転車に乗っている。シェアサイクリングの自転車は、沿線の各駅に借りられる自転車とその置き場があるので便利なのだ。

俺の方が体は大きいので本当なら自分の自転車に乗った方がいいのだが……。

「……」

チラッと後ろを振り返る。

むぅぅぅ……デカい。

織部の発展途上のサイズを参考にして、その上でラティアの服のサイズを決めたのに……。

女子は三日会い続けていても、刮目して見よとはこのことか。

ラティアは最近、成長著しいからな。

小さな自転車に乗ると更に、その二つの凶器の大きさが際立ってしまう。

俺はサッとまた前の景色に集中する。

何という磁力。

これは、運転中は危険だな。

「？　どうか、なさいましたか？」

ラティアが不思議そうに首を傾げているのが、見てなくても手に取るようにわかった。

……まあ、今の行動は不自然だよな。

「まだ10㎞はある、ゆっくり、朝の景色を楽しみながら行こう‼」

「はい‼」

それっぽいことを言って、何とか煙に巻いた。

ふぅう。

それからは、初めての土地ということもあって、本当にゆっくりしたペースで進んで行った。

今向かっているのは、ラティアの分類でいうFランクのダンジョン――〝校舎裏　ダンジョン〟だ。

ただ〝校舎裏〟と言っても、俺の通っている学校の校舎裏ではない。

俺の家から15㎞くらいの距離にある隣町。

そこに、他府県でもちょっと有名な御嬢様学校がある。

今向かっている〝校舎裏　ダンジョン〟は、そこにあるのだ。

「…………」

「ふんふん……ふん、ふふん」

言葉は交わさず。

しかし、俺とラティアはこのまだ朝早い時間、二人きりでのサイクリングを楽しんでいた。

ラティアなんか、鼻歌まで歌っているし。

俺はそんなラティアを背中の方に感じながら、別のことを考えていた。

昨日も、織部から連絡があった。

後2日程で、ようやく〝次の町〟に到着する、と。

「ご主人様、あれは、何ですか？」

「あれは……通勤ラッシュを避けるために、家族の寝ている間に出かける悲哀を背負ったサラリーマンという種族だな」

織部は俺の体のことも随分と気遣ってくれていた。異世界にいる自分の方が何かと大変だろうに。

「ご主人様、ご主人様、あれは、何でしょう?」

「あれは……酔っぱらったまま公園で寝て、起きたら自分は何故こんなところにいるのか、と驚いているタイプだな」

町か……。

俺たちのように地球では自転車などで、簡単に、行きたい市や町へと行けるが。

織部のいる異世界では次の町に移動するのにも日単位で時間がかかるという。

そういう点から言っても、織部には俺のことより自分のことをもっと労わってほしいものだ。

「ご主人様、あれは……何をしているんでしょう?」

ラティアの指さす方には。

片方の靴だけ脱いで、その靴をバットに見立て素振りしているオッサンがいた。

「あれは……何をしてるんだろうな?」

いや、本当に。

「——楽しかったですね、ご主人様‼」

俺の自転車は駐輪場に預け、シェアサイクルの自転車は貸出・返却場所に置いた。

今はもう目的の高校が目に見える位置にまで来ている。

「ああ、帰りもあるからな」

「はい‼」

俺がそう答えると、ラティアは嬉しそうに返事をする。

この世界に来て、目に入るもの、体験すること、全てが新鮮なのだ。

ラティアはそれを本当に心の底から楽しんでくれている。

そのことを思うと、来た当初からは想像もつかないくらいの良い変化だと思えた。

「あっ、あれが、〝学校〟ですか⁉」

「ああ、多分な——随分綺麗な校舎だ……」

ウチの学校とはやはり見た目からして出来が違う。

公立と私立の差、以上の何かを感じる。

くっ、これが金持ち御嬢様たちの通学校か！

「〝学校〟……何だかドキドキしますね？」

「そうだな……女子高だし」

多分ラティアの感じている〝ドキドキ〟と、俺の感じている〝ドキドキ〟は意味が全然違う。

ラティアのは〝キラキラ・ワクワク〟な感情で。

俺のは〝大丈夫かな、不審者を見る目で見られないかな？〟という感情からくるものだ。

うん、全然違うね。

「〝女子高〟……女性しかいない学校、ですよね？」

「そうだな。……敷地内には入らないから、そこは大丈夫だ」

だ、大丈夫だよね？

最悪、ラティアだけ逃がして、俺は囮になろう。

俺一人なら、ＤＤを使って何とか逃げられるし。

うん……よし！

「さっ、行こう。このまま突っ立ったままなのは、流石に怪しまれる」

俺は、決意を新たに。

胸を張って、女子高へと足を進めるのだった。

……いや、胸張って女子高へ向かうのはダメだろ、俺。

くそっ、カッコよく決めたかったのに……。

自転車を置いてきた駅から10分ほど歩いた。

周辺は閑静な住宅地。

ようやく人々が活動を始める時間帯だ。

「――あっ、ご主人様」

俺たちはジョギングするように、ゆったりペースで並走していた。

その最中、少しずつ近づいてくる声に、ラティアが気づく。

「――ファイトォォォ‼　オォォ‼　オォ‼」

『ファイトォ‼　オォォ‼』

気合いの入った、というよりは聞いていて頬が緩むような可愛らしいかけ声。

恐らく部活動で学校の外周をランニングしているのだろう。

「……ラティア、自然にな？」

「はい……」

俺は少し体を強張らせたラティアに小声で告げる。

ラティアは、小さく頷き返した。

俺たちは今、二人で運動・ジョギングしている――風を装っている。

幸い〝校舎裏　ダンジョン〟は、今見えている『月園女学院』の敷地内にはなかった。

フェンスで囲われた広大な学院の敷地外。丁度校舎の裏に林があった。

そこに、おそらくダンジョンがあると思われる。

〝思われる〟というのは、実際にこの目で見たわけではないから。

そして規制線のようなものも設けられておらず、騒ぎにすらなっていない。

なので、実際に自分たちで見つけないといけないわけだ。

「ファイトォォ!! ――あっ……」

『ファイ――』

丁度角を曲がったところで、その集団が俺たちの姿を認識した。

予想外だったのか、かけ声が止まる。

目の前に現れた少女たちの背はそこまで高くはなかった。

スポーツウェアに身を包んだ彼女らは、小学生、或いは中学生くらいか。

月園女学院は小・中・高とエスカレーター式でありながら外部からの入学者も受け入れているらしい。

寮もあるというから、随分と金があるのだろう。

親御(おやご)さんや成功した卒業生からの寄付金も多いらしいし。

「…………」

彼女たちは俺たちに向かって、コクリと小さく挨拶(あいさつ)した。

俺たちもそれに軽く返す。

そして何事もなさそうにしてジョギングを再開。

どうやら怪しまれてはいないらしい。

「ふぅ……やっぱり朝の運動は気持ちいいな」

行きにたっぷりと自転車を漕いできたので、正直俺としては気持ちよくもなんともない。

だがその偽装の世間話を受け……。

「そうですね！　本当に、空気もとても澄んでいて――」

ラティアは満面の笑みで答え、鼻からスゥっと空気を吸い込む。

その大きな胸が、それによって上下する。

……ラティア、凄いな。

俺みたいなインドア派は、ダンジョンですら面倒くさいと思う時があるのに。

本当にこの時間を心から楽しんでくれているようだ。

『………』

後ろで少女たちもまた、ランニングを始めた。

特に疑っている様子もない。

よしよし……。

本当、ラティアがいてくれてよかった。

これ、ちょっと想像してみてほしい。

ラティアが仮にいなくて、俺一人でここら辺をウロウロしている場面を。
ちょっと猫背で陰気そうな青年が、御嬢様学校の周辺をうろついている、と……。
どうだい、〝不審者〟という単語がいの一番に浮かんだだろう？
俺も、折角の夏休みの思い出に、警備員さんとの一時が加わるのは避けたいからな。
うしッ、このままダンジョンがある校舎付近まで、ジョギングで行くぞ‼
「少し、暑く、なってきましたね」
「…………そう、だな」
ダンジョンの穴がありそうな茂みは見つけた。
それはいい。
こうして朝早く起きて、自転車漕いで、ジョギングまでしてる甲斐があった。
だが、問題は――
『ジ――――』
――さっきからずっと部活動中らしき少女たちがついてくるんですけど⁉
君たちどれだけランニングするの⁉
「でも、こうして一緒にいられて、体を動かすことができて、私、嬉しいです」
ラティアは普段、ダンジョンで俺ばかりが体を張ることを気にしている。
適材適所だと言っても、依然納得はしてくれていない。

そんな気持ちから出た言葉なんだろうが――

「――キャァァァ‼　あのお二人、やっぱり遠距離恋愛をなさっているんだわ‼」

「――それで、久しぶりに会って、爽やかなジョギングデート‼」

「――素敵です‼　殿方と、私も、そんな甘い恋愛をしてみたいです‼」

コソコソと聞こえないように話しているつもりなのだろうが。

全然コソコソしきれていない。

あれか、御嬢様学校だし、そういうことに興味津々のお年頃なのか‼

くっそ……早く練習に入れよ、何部かは知らんが。

「ですが、先ほどから、女性の方ばかりが話しかけていらっしゃいますわ」

「ですわね……それに対して、殿方の方は素っ気ない返事をされてばかり」

「もう、焦れったい‼　女性の方が、あれだけ、いじらしくシグナルを送ってらっしゃいますのに‼」

君ら人のことはいいから、練習行けよ‼

何のために走ってんの⁉

……だが面と向かってそう告げることもできない。

しかし、このままずっと何もしないと、疑念を持たれてしまうかもしれない。

クソッ……。

これは欺くための偽装、これは欺くための偽装、これは欺くための——

「——その、手、繋いで、みるか？」

思い切って、そう切り出してみた。

「あっ——はい……」

その差し出した左手を。

ラティアはキュッと、その小さな右手で、握ってきて。

——うっわっ、柔らかっ……プニプニしてる!!

でもちょっと汗ばんで、熱を帯びてじっとり濡れている感じが——

『きゃぁぁぁぁ!!』

ああ、もうさっさと練習行け!!

「はぁぁぁぁ……」

ようやく練習に行きやがった。

彼女らは陸上部のウォーミングアップで学校の外周を走っていたらしい。

あれだけはしゃいで、走って、また走るのか。

元気なことで。

「ン、フフッ……」

一方、ラティアはと言うと。

俺が見ていないだろう時を頑張って見計らい、右手をちょっと上げて、見つめて、嬉しそうに小さく笑っていた。

……まあ、キモがられて服でコッソリ拭かれるよりかは、良かったです。

「――あら？」

そこにまた、別の生徒だろう女子が現れる。

二人組で、それぞれ違う制服を着ているところを見ると、多分高校生と中学生か。

……とんでもない美少女だな。

「……あの、御姉様？」

背の低い年下だろう少女は、もう一人の背中に隠れるようにして俺たちを見ていた。

前にいる少女がその子に優しく安心させるように笑いかける。

「フフッ、大丈夫よ律氷。そこまで怯えなくても。優しそうな人たちだわ」

御姉様と呼ばれた先輩の少女が、俺たちにも微笑みかけてくる。

……まあ綺麗な笑みだこと。

そのやり取りから見ても、やはり同じ学院の、上級生と下級生らしい。

おそらく先輩・後輩の関係なんだろう。

「………………」

自然とその容姿に目が行ってしまう。

日本人離れした綺麗な顔。

体型もモデルみたいにスラッとしている。

後輩の少女も小柄だが、西洋人形のように整った見た目だった。

……凄いな、織部や逆井にも負けない美少女だ。

流石、他府県にも名が知れた御嬢様学校だけあって、レベルが高い。

「むっ……」

いや、ラティアさん？

何でちょっとむっとするの。

……大丈夫だって、あれは単なる社交辞令みたいな笑みだからさ。

「おはようございます。お二人でジョギングデートですか？」

「どうもっす。……まあそんな感じです」

素がとんでもなく美少女だから騙されそうになるが、この笑みはやはり何となく嘘っぽい。

流石だぜ俺！

ボッチ歴が長いと、こんな美少女の笑みでも偽物臭さを感じ取れるとは！

うぅぅ、あれ？　おかしいな、涙が勝手に溢れそうになってくる……。

「素敵ですね。……では」

「っす」

怪しまれないよう軽く挨拶してその場を離れることに。

ラティアを促して、またジョギングを再開した。

……こ、この調子だとずっと走りっぱなしだな。

第11話

二人の美少女と別れてしばらくして。

人工芝の小さな公園で、俺たちは軽食を取りつつ休憩していた。

学院が地域住民に配慮して学校近くに整備した、憩いの場のような所である。

この後、とうとうダンジョンに突入する。

なので、しっかりと体を休めているのだ。

「可愛らしい方たちでしたね……」

先程の二人を、ラティアはそう評した。

そこに、嫌みや皮肉の意味など全くない。

「ああ、まあ、な」

……ただ俺に対しては、含むところがあるような気もする。

同年代っぽい女の子だったし、あれだけ綺麗だったから気になったのかな？

別にラティアも美少女って点では全く負けてないし、人の目を惹く不思議な魅力がある。

気にしなくてもいいと思うけどな……。

「ラティアは、その……十分に綺麗で可愛いんだから、さ。あんま、他人のことは気にしなくていいんじゃないか？」

何とかつっかえながらもそう口にする。

ラティアが少しでも自分に自信を持ってくれれば、との思いだった。

「……えっ、あっ――はっ、はい！　ありがとうございます！　……ご主人様にそう言っていただけて、凄く、凄く嬉しいです」

……何か思った反応と違った。

本当に嬉しそうに笑顔の花を開かせたのだ。

……今のでラティア的には解決らしい。

あ、あれで良かったの？

ま、まあ地雷を踏んだとか、的外れだったとかじゃなくて安心した。

「――おっ」

ハムときゅうり、そしてチーズを挟んだサンドイッチを口に入れ、ムシャムシャと嚙む。

今朝簡単に作って、持ってきたそれは、食感が豊富で味もいい。

パンの間に刻んだ薬草も混ぜておいた。

一応頻度は減らしたが、薬草は食べ続けている。

全く摂取を断つと、それはそれで、織部が気にするだろうし。

自分のせいで、みたいに織部に思わせるのも悪いからな。

それに今後、何か違和感が生じれば、それはそれで原因特定にもなるし、という思いだった。

そのいいアクセントになる苦みを含んだサンドイッチを食べながら、スマホを手に取った。

メールが来ていたのでスマホを操作し、それを開く。

……ってか、昨日来てたやつなのか。

「……逆井か。全然気づかなかった」

昨日はダンジョンに行っていたし、今日はFランクダンジョンに挑戦とあって、結構バタバタしてたからな……。

って、え!?　10件も来てるぞ！

おいおい……しかも全部逆井からかよ。

ちょっとおっかなびっくり、最初のを開く。

『件名：ようやく研修終わった‼』

昨日の18時頃のメール。

ざっと本文も目を通すが、どうでもいい愚痴が文全体の５割。

それと関連性がわからない謎の絵文字が約４割を占めている。

何とかコイツの用件１割を抽出すると……。

『でさ、ようやく自由ができたわけ‼　んで、明後日、遊びに行かない？』

コイツはこれを言うだけで、なぜメールの９割がどうでもいいことで埋まるのか。

俺が気づかなかったせいだが、コイツの言う〝明後日〟とはつまり、〝明日〟になる。

ってか何で俺を誘うん？

コイツ、俺以外に誘える奴なんて山程いるだろうが。

他にも誘ってるけど、スペア的な感じなのかな？

女子の、しかもカースト最上位の奴が考えることはよくわからん。

そう不思議に思ってメールをどんどん開いていく。

『件名：あれ？　新海、届いてる？　もしかして……ラティアちゃんと激しい運動中だった？ｗｗｗ』

19時頃のメール。

……何を言ってんだコイツは。

そしてこのメールの絵文字は象が鼻を大きく伸ばしているもの。

〝ｗｗｗ〟だけでもイラっとくるのに。

『件名：もう……新海もお盛んだね！　アタシの風呂上がりのも使っていいよ？』

20時頃のもの。

このメールには添付ファイルがあって。

開いてみると、本当にバスタオル一枚だけを巻いた逆井の自撮り写真だった。

未だ湿った金色の長い後ろ髪を持ち上げて、うなじ部分を上手く写している。

「……こいつは何の努力をしてるんだ」

『件名：えっと……新海？　ちゃんと届いてる？　寝ちゃってたり、する？』

21時頃に来ていたメール。

いや、単に忙しかっただけなんだが。

それに仮に寝ちゃってたら、それはそれで返信できないだろう。

『件名：もしかして、またなんか無茶したりしてない？　そうじゃないなら、返信欲しんだけど……』

『件名：……ゴメン、アタシなんか悪いこと、した？　何かしたんなら、謝るから……』

22時頃のもので、連続だった。

また添付ファイルが。

開いてみる。

可愛らしいピンクのパジャマを着た逆井が、自分の部屋で涙目になっている。

そしてこれまた愛らしいクマのぬいぐるみを抱きしめていた。

よくよく見てみると、そのぬいぐるみに紙を持たせていて。

その紙には『ゴメンね、ニイミ君‼』と書かれていた。

「……いや、お前のメンタルどうなってんだよ」

織部もそうだけどさ、メンタル面クソ雑魚なの⁉

ただメール見てなかっただけだって。逆井は特に友達多いんだからそういうことよくあるだろ‼

その後も同じような情緒不安定になっている逆井のメールが朝まで続いていた。

申し訳ない思いもあったので、事情を伝えるメールを手早く打っておく。

「『すまん、忙しくてスマホ見てなかった。あと、邪推すんな、ラティアとボッチの俺が何かあると思うか？　〝明日〟は多分無理』っと」

　すると――

「うっわ、もう来た⁉　怖えよ……張り付いてたのか⁉」

『件名：もう！　心配して損したし！　埋め合わせ、ちゃんとしてよね？　バカッ！』

小さなドラゴンがシャドーボクシングしている絵文字と。

何かあった場合の連絡手段として、電話番号が書き添えてあった。

埋め合わせって……何でや。

『ダンジョン探索士の講習課程修了──以降は、各自治体に実地研修を委託』

そろそろダンジョンへ出発するかと腰を上げる。

その時、ネットニュースが更新され、そんな見出しが目に入った。

逆井が言っていたことでタイムリーな話題だ。

そのニュースを開いてざっと目を通す。

『夏休み期間を利用した講習課程が終わった。これで候補生たちは正式に探索士となる』

やはり逆井が言っていたように、昨日、ようやくその講習が終わったようだ。

『最年少では中学生もいることもあり、今後の実施は週末や、平日でも放課後以降の時間を利用する計画だ』

それに対して、未だ野党や与党内の一部から批判の声が出ていると紹介しているが、そこは読みとばして次に進む。

『……その後は各自治体が把握するダンジョンに、自衛隊と連携し、実際に潜っていくことになる』

「ふーん……そういう風になってんだ」

『政府は、世界初の攻略の地となった○○××ダンジョンについての簡易の調査結果が出たこともあり、プログラムを前倒ししても問題ないと判断』

「なるほど──」

ラティアの様子を見て、その記事を閉じた。
既にラティアは食べ終え、準備を終えている。
……そろそろ行くか。

月園学院の校舎裏にある山。
その茂みの一角にダンジョンの入口はあった。
そしてそこには一人の女子生徒がいた。
さっき〝御姉様〟と呼ばれていた少女と同じ制服を着ている。
高等科の子だろうか。
ラティアと談笑する風を装いながら、その女子生徒の様子を見る。
「これ、ダンジョン……ですわよね？　……中は、どう、なっているのでしょう」
女子生徒は俺たちに見られていることに全く気づいていない。
まるで不思議な魔力に誘われるように、一歩、また一歩と入口へと近づいていく。
……おいおい、大丈夫かよ？
ダンジョンが現れ、興味本位で中に入る人も後を絶たないとニュースでよく聞く。

代わり映えしない日常に訪れた、未知なる空間。

中に入ってみたいと思うのもわからなくはない。

……しかし、俺たちと違って何も戦闘手段を持っていない人が、その後どうなるか。

良い話は聞かない。

ラティアに視線を向ける。

その意味が通じたようで、俺たちはすぐに行動に移す。

「あ～、今日は本当に天気が良いな～」

「ええ。絶好のジョギング日和ですね！」

声を大きく、あえて聞こえるような音量で。

「っっ‼　――わっ、私は別に、何もしてませんからっ‼」

好奇心の強そうな女子生徒は狙い通り、俺たちの存在に気づいてビクッと驚く。

そして聞いてもいない言い訳をしながら、そそくさと走って逃げてしまったのだった。

「……罪悪感のようなものが働いたんですかね？」

「かもな……」

御嬢様学校で教育を受けてるんだ、根っこの価値観はしっかりしているんだろう。

単に、箱入り娘が偶然、ダンジョンを見つけてしまい、好奇心が刺激された……。そんな感じじゃないだろうか。

「さっ、誰もいない今がチャンスだ。入ってしまおう」

「はい！」

少女を反面教師として、誰も見ていないことを確認し、俺たちはダンジョンの入口へと進んで行ったのだった。

Ｆランクダンジョン。

今までのＧランクダンジョンと何が違うか。

ラティアが言うには、モンスターの強さ自体はそう変わらず。

では何が異なるかというと〝複数階層〟の可能性がありうる、ということらしい。

今まで攻略してきたダンジョンは入ったフロアだけで終わっていたが、今進んでいるダンジョンは、地上か地下かはともかく、２階層以上の可能性があるわけだ。……まあ現段階では、可能性があるというにすぎないが。

ダンジョンの入口――グニャグニャと伸び縮みする穴に入り、５分ほど歩いた頃だろうか。

人ならざる者の声がした。

「モンスター……でしょうね」

「……だな」

ラティアとこの先どう戦うかについて確認し合う。

やることは今までと同じ。俺が前衛、ラティアが後衛だ。

少し開けた場所に出る。

歪な四角形の広間のような所だ。

「ギィイッ！」

「ギャイイ！」

「ギシイァ！」

3体のゴブリンがいた。

「《闇の門は、堅牢なりて、全ての者を、等しく拒む——》」

ラティアは既に詠唱を始めていた。

俺もそれに合わせて駆けだす。

「ギシィッ——」

その時、ようやくゴブリンたちはコチラの姿を認識。

ラティアを見て、卑しい笑みを浮かべる。

獲物を見つけた、極上のメスを見つけた、そんな顔だ。

「ギシッ——」

その顔が、俺が視界に入った瞬間、驚愕に変わった。

体が硬直し、間抜け面のまま無防備な姿を晒す。

全身がら空きだ——！

「つらぁぁ‼　せぁっ、たぁっ‼」

「シィッ――」

先頭にいた棍棒持ちのゴブリンの顎へ、拳を振り抜く。

吹き飛んだのを見届ける間もなく、続けざまに2体を蹴飛ばす。

2体目は反射的に頭を腕でガードしたが、腹に入れ。

完全に臨戦態勢になっていた3体目は仕方なくガードの上から強引に蹴りを押し込んだ。

「ギシィイ、ギシャァァ‼」

やはりダメージが少なく、最後に攻撃した個体だけはすぐさま起き上がった。

怒りの声を上げて威嚇してくる。

だが、関係ない‼

「つせぇこの野郎っ！　くたばれっ‼」

構わず突っ込む。

ゴブリンはその数が強みなのだ。

1体の時に叩けるだけ叩く‼

「ギ、ギシッ！」

武器のない腕で迫ってくる。

が、体格の差でゴリ押しだ。

「つらぁ‼」

前蹴りでお腹を蹴飛ばす。

突進したところを、いきなり強く蹴られて、ゴブリンは緑色の体液を吐き出す。

うげっ！　気色悪ぃ！

「――ギシッ‼」

「ギシシ‼」

そこに、他の2体が立ち上がってきた。

先制攻撃で受けたダメージがまだ残っているのか、動きは鈍い。

「ほれっ、どうした、来いよ！」

手負いとはいえ2体。

俺は飛び込むことはせず、挑発戦術に切り替えた。

言葉は通じずとも、煽っているという悪意は伝わる。

ゴブリンたちは完全に我を忘れていた。

それは俺に不意を衝かれたというだけではないだろう。

〝ヘイトパヒューム〟と織部が評した体質も、大きく影響を及ぼしていた。

「ギシィイ‼」

追いかけて来るのを、牽制しながら避けていく。

爪(つめ)や拳での攻撃をかわし、距離を取り。

また挑発したところを攻撃され、それをさっと避けてはまた距離を取る。

これを数度繰り返したところで――

「――【ブラック・ゲート】!!」

ラティアの魔法が、完成した。

黒々とした闇で塗り固められた二つの閉じられた門。

ゴブリンたちの目の前にそれが現れるが、しかし、動かない。

ゴブリンたちも強く警戒(けいかい)しているようだ。

「ギギッ――」

――そのゴブリンたちが、門へと、引きずり込まれていく。

闇が生む引力が、一切の抵抗を許さない。

巨大な竜巻(たつまき)に巻き込まれたように、ゴブリンたちは一匹、また一匹と地面を離れた。

そして、門に触れた瞬間、その体は跡形(あとかた)もなく崩(くず)れ去る。

目に見えない粒子(りゅうし)レベルに分解されたように。

一度として開かなかった門は、役割を終えて、姿を消した。

□◆□◆　□◆□◆　□◆□◆

ゴブリンが跡形もなく消えたことを確認し、ラティアに声をかける。

「助かった。詠唱のタイミングもバッチリだったな、ラティア」

そう言ってラティアの頑張りを労う。

「ありがとうございます！　ただやはり、ご主人様が時間を稼いでくださっているからこそ、だと思います」

戦闘を終えると、大体いつもこうして互いにその功績を譲り合う。

ただ俺としては、いつも本当にラティアの手柄だと思っているので、ラティアにそれを認めさせるのに手を焼いていた。

むむぅ、ラティアめ、こうなったら……。

「そうか……俺はラティアの魔法があるからこそ、心強く思って前衛を頑張れていたのに……」

「えっ⁉　あ、あの……」

急に落ち込んでいる芝居を始めた俺に、ラティアはどうすればいいかわからずワタワタしている。

……可愛い。

よし……。

「ラティアは魔法にそこまで自信を持ってなかったのか……はぁ。俺はこれから、何を頼りにヘイト集めを頑張ればいいんだ……」

「いえ、その、えっと……！」

かなり大袈裟に落ち込んでみせているが、ラティアはそれに気づかず。

何とか俺を励ましたいが、でもそれは自分の方が功績があると認めることになるのでできない。……そんな板挟みにあっているようだった。

困り顔をしたラティアもとても魅力的で、できればずっと見ていたい誘惑に駆られる。

だが、あまり意地悪し過ぎるのもダメだろう。

「……と、いうわけで。ラティアも自分にどんどん自信を持って。ダンジョン攻略再開といきましょう！」

「へっ？　あの……あっ！　――もう！　ご主人様、酷いです！」

俺が歩き出すとようやく芝居だったことに気づき、ラティアは頬を膨らませて追いかけてきた。

……これも可愛いかよ。

仕返しだろう、ラティアは可愛いの暴力で、俺を殴打してきていた。

ダンジョン攻略の間に死因、可愛い死とかにならなければいいが……。

そうやってあまり気を張らずに、俺たちはまたダンジョン攻略を再開した。

□◆□◆　□◆□◆　□◆□◆

「――【シャドウ・ペンデュラム】‼」

ラティアの魔法によって、階段前に陣取(じんど)っていたゴブリン4体を一掃(いっそう)する。

俺の感覚では、ゴブリンよりもあのアーマーアントの方が強かったが、そのアーマーアントすらラティアの魔法の前では一切の抵抗が許されなかったのだ。

ゴブリン4体など、敵ではないだろう。

「ふぅ――ご無事ですか、ご主人様⁉」

魔法後の硬直から解放されると、すぐに俺の心配をしてくれる。

「いや、ラティアこそ。これで5発か」

一番最初に放った【ブラック・ゲート】を合わせると、ラティアはこれまで5回、魔法を使っていた。

つまり、5回、ゴブリンたちと接敵(せってき)したわけだ。

全部で……13体、だったかな。

前にも複数回、魔法を行使したことはあった。

だが一日で5回は最多だ。

今、ようやく通れるようになった下り階段に視線を投げる。

このダンジョン、やはり複数の階層があったわけだ。

魔法の使用回数を考えると、あまり深追いしない方がいいかもしれない。

だが、ラティアは――

「大丈夫です、ご主人様。あと2発はいけます。頑張れば、3発」

ラティアは無理をしているわけではなく、正直にそう打ち明ける。

「最悪の場合は、ご主人様のＤＤの機能――ダンジョンテレポーターで脱出可能かと」

「ああ、なるほど」

そうか、あれはそういう使い方もできるか。

他の要素――俺の疲れ具合、残りの薬草・ポーション、今後どれだけ戦闘がありうるかの予測――を一瞬考え、それから結論を出す。

「よし、わかった。最悪の場合は即、撤退で」

「はい‼」

いつでも撤退できるように、ＤＤ――ダンジョンディスプレイを出現させる。

だが進んだ先で待っていたのは……。

「ありゃ……さっきのちょっとした覚悟、いらなかったな」

「そうみたい、ですね」

慎重に、30段程あった石造りの階段を下ったのだが……。

目の前に現れたのは、ダンジョン攻略後にいつも訪れるあの台座の間だった。

「おかしいな、いつもなら機械音が鳴るはずなのに——ん？」

あの〈Congratulations!!〉が聞こえないということは、まだ攻略完了ではないのだろう。

不思議に思っていると、あの台座が、いつものとは少しだけ違うことに気づく。

「……ラティア、これ、何かわかるか？」

台座の周りを囲うようにして、青い半透明の光が現れていた。

「ええっと……これは、〝結界〟ですね」

「〝結界〟？」

「はい。この台座を守っているんです。どこかにこれを保ち続けるための〝魔法石〟が……」

ラティアは周囲をグルっと一回りするように歩き出す。

「——あ、ありました！」

ラティアが指差す方を見る。

そこには丸い水晶が、また別の小さな台座に置かれていた。

水晶は深い海の底を思わせる青色をしている。

台座を囲っている結界と似た色だ。

「これを壊せば、おそらく攻略完了かと」

「……壊せるのか？」

大体こういうのって特別なアイテムが必要だったりするが——

「はい、大丈夫ですよ？」

ラティアは普通に頷（うなず）いた。

いや壊せるのかよ。

「じゃあ、頼めるか？」

「はい——」

そうして、またラティアは詠唱を始めたのだった。

「【デーモン・ハンド】‼」

——パリンッ

ラティアの腕を纏（まと）う闇。

それが作り出した大きな悪魔の腕が、水晶を粉々（こなごな）に砕（くだ）いた。

〈Congratulations‼　——ダンジョンＬｖ．10を攻略しました‼〉

「あ、本当だ。これで攻略か」

そして、腕が元に戻ったラティアと共に台座に近寄る。

今回のＧｒａｄｅを算出する時間が、少し流れた。

これでまたＤＰに変換したら、終わりか。

……そう思った時だった。

〈Congratulations!!　――〝ダンジョンを　5つ　最速攻略〟しました!!　報酬を進呈します〉

「あれ⁉　何かまた声が聞こえるぞ⁉」

これで終わりじゃない⁉

ってか5つ⁉

最初の神社で一つ、アーマーアントのは違うだろう……。

ラティアと昨日までに3つ潰して。

今日のこれで、あ、5つか‼

〈報酬として〝50000DPを進呈〟〉

――ピロンッ
〈――また、〝称号〔ダンジョンを知り行く者〕を進呈〟。〝マジックバッグを合わせて進呈〟〉

――ピロンッ
「うぉっ⁉」

何か降ってきた。

えーっと麻袋？

これがマジックバッグ？

〈――最後に〝選択報酬を進呈〟〉

――ピピンッ‼

「えっ……」

目の前に、ＤＤが勝手に現れる。

そしてその画面に、これまた勝手に文章が表示されていた。

何だ何だ……。

「えーっと……『①老魔術師の白手袋　②極アサシンの灰グラス　③重剣豪の黒長靴　から一つ、お選びください』か」

へー。この中のどれかが貰えるの？

何かわからんが、まあ貰えるんなら貰っとけばいいか。

……もしかしたら、織部も似たようなやつ貰ってるのかね。

あいつ、異世界救うのに、〝勇者〟としての能力もあるんだろ？

異世界救うのに、俺の助力とかいらないんじゃないの？

「……ラティア、手袋と、サングラスと、長靴、どれがいいと思う？」

正直どれにどんな機能や効果があるかわからないので、選択基準が皆無だ。

なので、ラティアにも意見を求めてみる。

どういうアナウンスが脳内に流れたかを説明して、尋ねた。

ラティアはしばし考え込む。

「手袋は能力や効果の想像がつきにくいですね……長靴も〝重剣豪〟という限定が予想しづらくしています」

そう前置きして。

「……強いて言えば、眼鏡はまだ想像がつき易いかと。隠密とか暗殺に優れた機能を宿しているのではと想像されます。その分、ハズレは引かないと思いますね」

と、凄く丁寧に意見を述べてくれた。

多分嘘もついていないんだと思う。

一番俺のためになる選択がどれか、ちゃんと考えて、言ってくれたことが伝わってきた。

でも……何だろう、この感じ。

何か一瞬だけ、そう一瞬だけ。

何かラティアが全てを言っていないような気がしたんだが……。

「……そうか。じゃあ、眼鏡にしてみるか」

とはいえ、ここはラティアを信じよう。

そう思って、ラティアの助言を採用し、俺は極アサシンの灰グラスを選択した。

その時、ラティアが小さく呟く。

「っ‼　――ご主人様の眼鏡のお姿‼」

俺の眼鏡姿？

あれっ……俺、そんなに目つき悪い？

普段からグラサンかけて対策練った方がいいくらいってこと？

〈――〝選択報酬〟として〝極アサシンの灰グラス〟を進呈します〉

――ピピピンッ

「うぉっと――」

何もない空間から、サングラスが落ちてきた。

フレームの左右が白と黒の色違いになっている。

そしてそれが中央に近づくにつれ色を変え、合流する部分とレンズが灰色になっていた。

「これが〝極アサシンの灰グラス〟か」

俺が報酬を手に取って見ている間、ラティアは何でもなさそうに装っている。

「…………」

しかし、俺がサングラスをかけるのを、今か今かと待ちきれない様子だった。

内股をすり合わせながら、どこかそわそわしているのだ。

……とりあえずかけてみる。

すると――

「うぉっ!?」

［Ｉステータス］
名前：新海陽翔(はると)
種族：人間
性別：男性
年齢：17歳
ジョブ：――
称号：〔ダンジョンを知り行く者〕↓ジョブ：《ダンジョンマスター》＋《ダンジョン鑑定士》＋（ダンジョン内のみ）全能力＋20％

［Ⅱ能力］
Lv.9
体力：85／112
力：31
魔力：68
タフ：89
敏捷(びんしょう)：33

［Ⅲスキル］
【敵意喚起(ヘイトパフューム)】【回復Ｌｖ．１】
［Ⅳ装備］
目：極アサシンの灰グラス

「おお、ステータスか……」

おそらくこの灰グラスの効果だと思う。

自分の掌(てのひら)に焦点(しょうてん)を合わせるだけで、その手に浮かび上がってきた。

試しに今度は外してみる。

「――ご主人様!?」

「ラティア、どうした？」

俺の灰グラスのかけ外しの一動作一動作に、ラティアが声を上げて驚いていた。

「ご主人様……」

「どうした、何か、あったのか？」

そう尋ねた俺に、ラティアは、驚くべきことを述べた。

「……ご主人様、今、消えていらっしゃいました」

「驚いたな……。これをかけたら、姿を消せるのか」

手に入れたばかりの灰グラスを上に掲げたり、横から眺めたりしてみる。

「はい、驚きました。いきなりご主人様のお姿が消えるのですから」

ラティアは未だその驚きを隠せないような表情だ。

「……ご主人様の素敵なお姿を見ることができると、思っておりましたのに」

いや、驚いているというよりも、なんだか不服そうだ。

頬を少し膨らませていた。……可愛い。

クッ、可愛い暴行罪！

懲役俺の家で10年‼

……って、そんなバカな思考は置いておいて。

俺はラティアの言を確かめるために、ラティアにサングラスを渡してかけてもらった。

……サングラスをかけたラティア、良いな。

うん、ただただ可愛い。

ラティアは、サングラスの効果で自分の姿が見えていないものと思っているのか、おもむろに服に手をかけて脱ぎ始め――って⁉

「ラティア、見えてる見えてる‼」

ラティアの姿も、そして凄く魅力的に育った肌色のムチッとした果実二つも‼

「ふぇ⁉　えっと、ご主人様ッ⁉　見えて――って⁉」

ラティアは慌てて下から捲り上げていたアンダーウェアを着直した。

「………………」

「………………」

何とも言えない気まずい沈黙が流れた。

「――う、うん。どうやらこれは俺がかけないと効果が出ないみたいだな」

仕切り直すべく空咳をして、俺は今あったことを整理する。

「………………はい」

ラティアは顔から火が出そうな程、真っ赤になって縮こまっている。

「ああ、いや……まあ、気にするな」

「あの、違うんです‼　ご主人様に驚いていただこうとしただけで‼」

フォローすると、なぜかラティアは変な方向に弁解しだした。

「誰も見てなかったら脱ぐ癖があるとか、そんなはしたなくはないんです‼」

「いや、誰もそんなこと疑ってないから」

「私は‼　ご主人様以外に裸体を見られたことはありません‼　信じてください‼」

どんどん聞いてもないことを打ち明けていくラティア。

ヤバい、止めないと――

「サキュバスですが貞操観念はむしろしっかりしております‼　ご主人様に捧げる初めても今まで守り抜いて――」

「わかった‼　もうわかったから‼」

慌てて止めた。

もうこれ以上は墓穴を掘るだけだ。

お互い得しないだろう。

何だろう、似たようなやり取りをつい最近も誰かとした気がする……。

ラティアは少しずつ顔の赤みが引いていき、冷静さを取り戻していく。

「そ、その……申し訳ありません、でした」

「いや、だからもういいから。気にしないで」

何となくいたたまれない空気になる。

こんな場を和ませる一発芸も持ち合わせていない。

そんなんスマートにできれば今頃モテモテだわ。

それができないからボッチなんだよ、バカ。

俺は間を持たせる意味もあって、もう一度灰グラスをかける。

すると――

「おっ――」

［Ⅰステータス］
名前：ラティア・フォン・ベルターク
種族：淫魔（サキュバス）
性別：女性
年齢：15歳
ジョブ：――
所有状態：奴隷（どれい）　自己所有権：非所有↓所有者：新海陽翔
［Ⅱ能力］
Ｌｖ.12
体力：32／89
力：11
魔力：１０１
タフ：33
敏捷：21
［Ⅲスキル］
【闇魔法Ｌｖ.３】【チャームＬｖ.１】【魅惑の香り（ハニーパフューム）】

［Ⅳ装備］

　無し
「おお、ラティアのステータスも見れるぞ、このグラス」

　恐らく鑑定能力のようなものを備えているのだろう。

「え？　そうなのですか？」

　ラティアはすぐ正面に俺がいるのに、どこか不安そうな表情。

　やはりその目に、俺の姿は映っていないのだ。

　これは……。

　色々と使い道がありそうですな、うん！

　おそらくかけている間、透明化っぽくなるんだろう。

　それが隠密に使えるってんで、〝極アサシンの灰グラス〟なんだな。

　うむ、夢が広がる。あんなことや、こんなことに……。

「――って、あれ？」

　さっきまで見えていたラティアのステータスが、瞬(まばた)きした途端(とたん)、見えなくなっていた。

「というか、このグラス、灰色じゃなくなってる」

　さっきまで視界が灰色がかっていたのに、今は普通に見える。

　これでは度も色も入っていない伊達(だて)メガネをかけているようなものだ。

「あっ、本当ですね、グラスの色、灰色が完全に消失してしまってます」

「えっ、ラティア、もしかして、俺の姿、見えてる？」

そう尋ねると、ラティアは俺の顔をしっかりと見て、そしてはにかみながら答えた。

「あの、えっと、はい……とてもよくお似合いで、素敵なご主人様の、眼鏡のお姿が」

「……あ、そう」

……眼鏡姿が素敵か。

あんまり眼鏡にいい思い出がないだけに、ちょっと複雑だ。

「おそらく、あれを使うには何らかのエネルギーを溜めないといけないんだと思う」

俺は一旦、さっき降ってきたマジックバッグに灰グラスをしまった。

マジックバッグというのは、小さな物なら容量を気にせず収納できる便利アイテムらしい。

まあダンジョン攻略の報酬として、ダンジョン攻略に役立つものを進呈しようという趣旨だったのだろう。

「何らかのエネルギーですか……やはりダンジョン関連でしょうか」

隣のラティアも、灰グラスについての推測を語る。

「多分な……まだよくわからんが」

俺たちは、確認作業は一先ず切り上げることにした。

全てを確認し終えるのに、果たしてどれだけ時間がかかるかわからないからだ。

ラティアも魔法をバンバン使って、流石に疲労感があるように見える。

帰ってからでも、検証はできるだろう。

「さて——後はＤＰを回収するだけだが……」

そう、元はと言えば、俺はＤＰを交換してもらうために台座に接触したのだ。

見た目こそ縦に長いだけの長方形の台座だ。

だがその石造りの台座はまるで人か何かの意思でも宿しているかのように、攻略後はこちらの呼びかけに反応してくれる。

そこでいつもはＤＰの交換を行っているのだが……。

それが、何かダンジョン５つ攻略したご褒美をもらえる、ということになっていた。

その話で忘れていたが、まだこのＦランクダンジョン攻略自体のＤＰを得ていない。

そう思って、帰る間際、もう一度台座に話しかけた。

——だが、また思いもよらぬ展開が訪れたのだった。

〈攻略者のジョブ《ダンジョンマスター》を確認しました。——当該獲得Ｇｒａｄｅを、どうしますか？〉

そんな、今まで耳にしたことがない内容の音声。

そして――

『⇓〝DPに変換〟 or 〝ダンジョン捕獲のアピールに使用〟』

「〝ダンジョン捕獲のアピールに使用〟って、何、どういうこと?」

音声の内容からして、《ダンジョンマスター》のジョブがあったから、この項目が出てきたってことはわかる。

だがダンジョンを捕獲ってところは意味がわからんぞ。

「なあ、ラティア――」

何か知ってるか、ラティアに尋ねてみた。

だが流石にラティアも首を傾げる。

「申し訳ありません……私も初耳です」

「うーんそうか」

なら仕方ない。

まあ言葉の感じからして危ないものじゃないだろう。

「なら試してみるか――〝ダンジョン捕獲のアピールに使用〟を選択っと」

すると……お？

『――ふーん、私を寝取ろうってわけ？　そんなに上手くいくと思ってんの？』

「……何か生意気な声が聞こえてきたんだが」

しかもどこからともなくだ。

そしていつもの機械的な音声とは確実に異なる、感情のある少女のような声だった。

「え？　――私は何も聞こえませんが……おっしゃっていた《ダンジョンマスター》のジョブの効果でしょうか」

ラティアは俺の言葉を聞いて、一瞬戸惑いを見せた後、推測を述べた。

『――はんっ、いいわ、やってみなさいよ？　絶対感じたりなんかしないんだから‼』

聞こえる声は何故か無茶苦茶に強気だった。

「……えーっと、とりあえず、ダンジョンの人格的なものの声ってことでいいのかな？」

誰に聞けばいいのかわからなかったので、とりあえずラティアに聞いてみた。

「えーっと……それでいいんじゃないでしょうか」

ラティアがこんなに返答に困っている様子を見せるのも珍しい。

スマン、俺もどう対応していいかわからん。

『私は……――えっ⁉』

さっきまでの生意気な声から一転、戸惑うような声が耳に響く。

『な、何⁉　どういうこと⁉　〝ダンジョン攻略７番目〟：１００００Ｇｒａｄｅですって⁉――あんっ‼』

……今度は多分、ダンジョンなりの色っぽい悲鳴。

『〝攻略時間　２時間〟：１０００Ｇｒａｄｅ⁉　そ、そんなの嘘よ‼　そんなに早く――いやあん‼』

「…………」

「ご主人様？」

無言の俺を、ラティアが心配そうに見つめてくる。

「……大丈夫、うん。大丈夫だ」

無表情を貫く。

その間にも、俺の耳にだけ、ダンジョンの嬌声が届き続けた。

『〝魔法一掃５回〟：１０００Ｇｒａｄｅ⁉　〝パーティーメンバーノーダメージ〟：８００Ｇｒａｄｅ⁉　あっ、ダメ‼　そこは、弱い所――』

『〝ボーナス攻略報酬ゲット〟：１００００Ｇｒａｄｅ⁉　もう、止めて‼　これ以上は、私――』

『〝ダンジョンノーミス攻略５回〟：１００００Ｇｒａｄｅ⁉　やだ‼　嫌なのに‼　感じたく

ないのに‼　いやぁぁぁぁぁぁぁ――』

〈被所有ダンジョンへのアピール率……１００％。ダンジョンの捕獲に成功しました〉

一際大きな叫び声がして耳が痛くなった後。

あの機械音が、続いて鳴った。

『はぁ……はぁ……ゴメンなさい、気持ちいいところ一杯突かれちゃったよ……』

何かビクンッビクンッ言ってるけども、もう気にしない。

こんな何とも言いにくいこと、ラティアに聞こえてなくて本当に良かった。

『フ、フンッ‼　仕方ないから、アンタのダンジョンになってあげる。感謝しなさいよね！』

「はいはい……典型的なツンデレ乙」

もうまともに対応するのも疲れる。

どうでも良さそうなところは省き、ラティアに経緯を伝えた。

「なるほど……今までのダンジョン攻略で得られたＧｒａｄｅは、一つ一つがそのダンジョンへのアピール要素なのですね」

Ｇｒａｄｅはつまり、ダンジョンに認められるために、自分の力を示す要素でもあるのだ。

「多分な……それで――」

これで合っているかはわからなかったが、俺は一先ず台座に向かって話しかける。

「お前は、というかダンジョンは、何ができるんだ？」

俺の言葉を聞き、呆れたような溜息を吐く声がした。

『はぁぁ……アンタ、そんなことも知らないの？　全く、今度の奴は随分手が焼けるわね』

「………」

「ご、ご主人様!!　どうして急にコメカミがひくついて――お、お怒りをお沈めください!!」

ゴメンよラティア。

こんな時、どんな顔をすればいいかわからないの、俺。

〝笑えばいいと思うよ〟

スッとそのフレーズが、頭に浮かぶ。

「――は、はは」

「ああ……ご主人様が物凄くお怒りに!?　笑いながら物凄く怒っていらっしゃる!?」

ハハッ。

何を言ってるんだい、ラティア？

俺が怒っているわけないだろう。

何にも関心を示さないボッチを怒らせたら、そりゃ大したもんッスよ。

『──ダンジョンはそれぞれ、アンタたちと同じで、いろんな特性があるわ』

「……ふぅぅう。──それで？」

何とか深呼吸して怒りを鎮め、先を促した。

『DPは言うなればダンジョンの生命そのもの。アンタが持つDPを幾らか渡してくれれば、私たちダンジョンは各自が持つ特性に応じていろんなものと交換してあげられる』

それだけではイマイチわかりかねたので、具体的なことを尋ねてみる。

「……例えば、お前は何と交換できるんだ？」

『そうね……今はこれくらいかしら？』

──ピリンッ
「あっ──」

先に声を上げたのは、ラティアだった。

目の前にある台座の上に、半透明の薄い紙が出現したのだ。

そこにはラティアの目にも見える形で、幾つかの文章が書かれていた。

〝①【回復魔法Lv.1】：1000DP〟

〝②【解毒Lv.1】：500DP〟

〝③【解呪Lv.1】：250DP〟

〝④ノーマルジョブ《ヒーラー》：5000DP〟

「……見事に回復系統ですね」

「ああ……お前にはつまり、回復関連の特性があるってことなのか、意外だな」

ラティアの純粋な言葉に、俺も同意する。

すると――

『バッ、バカ!! 勘違いしないでよね⁉ べ、別にアンタが心配だから勧めてるわけじゃないんだから！ 怪我してほしくないとか、全然そんなこと思ってないんだからね⁉』

「…………」

「……ご、ご主人様？」

そんな恐る恐る、様子を窺うようにしなくてもいいんだよ、ラティア？

本当に今は怒ってないから。

ただ俺も、流石にダンジョン相手にどう反応すればいいか、全くわからないだけだから。

「――じゃあ、とりあえず①～③を一式、交換してもらおうかな」

意図的に気持ちを切り替える。

DPが少なくて済むそれらを選択した。

どういうものかを試す意味もあったからだ。

『ん。了解――』

……台座が、徐々に、白い光を帯びる。

俺のＤＤ――ダンジョンディスプレイが、また勝手に出現した。

１１０１０１ＤＰから、３つ分のＤＰが引かれ、１０８３５１ＤＰになる。

光は時間をかけて、台座の中央に集まる。

「わぁぁ……綺麗」

その光の神秘的な輝きに、ラティアは目を奪われていた。

そして、光の塊(かたまり)が、俺の中に入ってくる。

「……うん、確かに」

その後、俺の中で。

どうすれば発動できるのか。

詠唱はどのように行うのか。

そうしたスキル・能力の使い方が、勝手に把握(はあく)されていた。

『――うん、これでいいはずだよ？　後で確認してみて』

そんなダンジョンの言葉で、ここでやるべきことは大体終えることができたのだと理解したのだった。

□◆□◆　□◆□◆　□◆□◆

あの後、更に追加して交換してもらった。

必要なＤＰが上昇するということもなかったので、折角だから頼んだのだ。

何に使うかはわからないが、【解呪Ｌｖ．1】を10回交換。

つまり２５００ＤＰ使うことにはなったが【解呪Ｌｖ．10】になってるはずだ。

何でもいい、何か一つをＭａｘまで上げておくのも何らかの参考になるだろう。

本来ならスキルや魔法がＬｖ．1からＬｖ．2になるには、より高い経験値が必要になるはずなのだ。

だが、そこがダンジョンの凄いところで。

ダンジョン毎の特性、個性といった方がいいか？

兎に角、あのダンジョンは回復系統に優れていた。

そして回復系統のスキルを交換する場合、必要なＤＰが変わらないのだ。

Ｌｖ．1にＬｖ．1を足せば、単純にＬｖ．2に。

Ｌｖ．2にＬｖ．1を足すとＬｖ．3になってくれる、なんとも凄いところだった。

「はぁぁぁぁ……疲れた」

自宅へと戻ってきた俺は、即座にソファに体重を預ける。

「しかし、凄いですね。ダンジョンとは」

ラティアも俺に倣ってソファに腰を下ろして、息をつく。

「ああ……今後は、ダンジョン攻略するにしても、考えないとな」

ＤＰは必要だ。

でもＤＰへの変換を選択してしまうと、二度とそのダンジョンの特性に合わせた能力・スキルを手にする機会は訪れない。

かといって、その交換にはＤＰが必要なので、ＤＰ自体の獲得も怠るわけにはいかない……悩ましいな。

「――ご主人様、夕ご飯、作ってしまいますね？」

すっくと立ち上がったラティアが、献立は何がいいかと聞いてきた。

プロ顔負けとまではいかないが、ラティアは今では俺よりは美味しい料理を作れるようになっていた。

来た当初は全く料理はダメだったのにな……。

「今日はゆっくりしててもいいんだぞ？」

たまには出前でも――そう言っても、ラティアは作りたいと申し出る。

「少しでも多く、作る機会を頂いて。一日でも早く、ご主人様に美味しいご飯を食べていただきたいんです」

もう……十分美味しくいただいてるんだがな。

まあその向上心に水を差すのも悪い。

夏で、冷蔵庫の食材も傷むのが早いしな。

「じゃあ何かさっぱりしたものを。少し疲れてるから、簡単に食べられる物がいいかな」

「はい、では、すぐに準備します——」

ラティアは嬉しそうに台所へと向かう。

間もなく、包丁で野菜を切る音が聞こえてきた。

「本当に、俺には過ぎた子だよ……」

だからこそ、早いとこラティアの話相手を一人でも、作ってあげないと。

でないと夏休みがもうすぐ終わってしまう。

幸いまだ105851DPあるし。

雇う形は何でもいい、それこそ同じく奴隷の少女でもいいから、誰か一人——

——ビビビッ

「お？　これは——織部か！」

何もない空間から、音がした。

すぐさま、俺はDDを出現させる。

その画面には、やはり織部からのメッセージの受信を告げる表示が出ていた。

『〝次の街〟に着きました。後で連絡してもいいですか？　それか都合のいい時に通信してください』

「あれ？　もう？」

　確か2日かかるって言ってたのに。

　まああっちの時間とか距離とか――そういう尺度って結構いい加減らしいからな。

　そしてそのメッセージには続きがあった。

『これで、異世界を攻略した範囲が広がりました。新海君の購入できるリストも増えているはずです。ご確認ください』

「おお‼」

　俺は柄にもなくテンションの上がった声を出してしまう。

「――どうかされましたか？」

　ラティアの声が聞こえた。

「な、何でもない。大丈夫だ」

　ちょっと焦りながらそう答える。

　ラティアは特に訝しむ様子もなく、調理に戻った。

「ふぅ……」

　俺は即座に〝Ｉｓｅｋａｉ〟を開く。

　すると――

「お、おおお……」

今度は声を抑えながらも、興奮が湧き上がってくる。

織部の言う通り、品揃えが更新されていた。

見たことないアイテムや、装備品などが、軽く、以前の4倍以上はあった。

要するに、ラティアを売っていた町よりも大きな町へと織部が到着したということだ。

「あっ……クソッ、またかよ」

期限付き労働者の項目を見て、思わずそう呟く。

ラティアの時のように、〝家事代行〟だったり〝家庭教師〟や〝傭兵〟など、様々な職種の人がラインナップに入ってはいたのだが……。

「売り切れか……」

まあ買う側の気持ちになってみればわからなくはない。

誰だっていきなり、その人の人生全てに責任を負わなければならなくなる奴隷は尻込みするだろう。

それよりは期限付きで雇える人の方が手が出し易く、心理的ハードルが低いんだろう。

必要なDPだって安価だし。

奴隷の方が売れ残るのもそうした理由があるんだと思う。

「仕方ない……まあ〝ラティア〟と出会えたみたいな超ラッキーもあるからな、こっちも俺的には全然悪くない……っと」

そして、奴隷の方の項目へと移ると――

「な、な、ななな……」

壊れたロボットみたいな声が出続けてしまう。

だって、だって――

〝奴隷　女性〟の項目には6人との数字が。

そしてそれを進めると、嫌でも目立つ、あの三文字が――

『エルフ：7000DP

詳細：魔法使用可能。スキル所持。容姿も優れている。未だ若く、能力も高い。神官のジョブを保有。解毒に対する造詣が特に深い。※奴隷になった経緯：赴任した神殿の借金返済のため』

□◆□◆Another　View◆□◆□

「……御姉様、ここは、ダンジョン、ですよね？」

「ええ。……でも変ね。何て言うか、全然嫌な感じがしない」

青年とラティアが去ってしばらくして。

ダンジョンには二人の少女の姿があった。

「モンスターが、出るんでしょうか？」

「……今のところそうした気配はないけれど。用心はしましょう」

二人は先程、青年たちが言葉を交わした学院生だった。

誰もが目を惹く美少女——志木花織は青年が推測した通り、逆井と同じくダンジョン探索士であった。

そして彼女が実の妹のように可愛がるもう一人の少女——皇律氷も、その有資格者だ。

二人は逆井も受けた講習や自ら仕入れた情報を元に、静かなダンジョン内を慎重に進んでいく。

「何も、おかしなことは、ありませんね？」

しばらく歩き続け、皇が沈黙を嫌うようにそう声にする。

最も慕い、信頼する志木が、先程からずっと無言だからだ。

「……そうね、モンスターも、異変も、何も、ない……」

志木は言葉は返すものの、その反応は薄い。

頭の中で考えを整理するように、単語をぶつ切りにして口にするだけだった。

「攻略……されてる⁉」

「嘘……御姉様、もしかして、私たちが来る前に、誰かが⁉」

最奥（さいおう）まで来て、二人はそれを認識した。

モンスターにも出会わず、無事にここまでたどり着けたことが何よりの根拠になった。

——律氷の言う通り、誰かが？　でも誰が⁉　……〝逆井さん〟っていったかしら？　あの子？　でも……。

志木の考えは纏（まと）まらない。

思い出すのは直近で世界的なニュースになったあの出来事。

一人の女子高生探索士が主力となって、偉業を成し遂（と）げた。

だがだからこそ、彼女はこのダンジョンには関係ないと、志木は首を振る。

彼女が近くを出歩いていたら、流石に誰かしら気づくはずだ。

「……御姉様、関係ないかもしれませんが。先程の方たち——素敵なカップルの男女さん、とか。何かご存じだったり、しないでしょうか？」

「カップル？　あぁぁ……」

皇にそう尋ねられ、志木はさっきの出会いを思い出す。

確かに、印象に残る二人だったとは思う。

ダンジョン探索士1期生は１０００名選ばれ、志木は講習にて全ての者の顔と名前を憶（おぼ）えていた。

学院では生徒会長も務め、自校の生徒たちに関してはもっと細（こま）かな情報まで頭に入っている。

彼女は政財界に関係ある大人たちと会食することもあり、その程度のことは造作もなかった。

――でもあの二人の顔は、探索士関連の記憶のページには、ない。

「……わからない。でも、全く関係ない、とも断言できないわ」

「そう、ですね。……ただ、とても素敵な方々に見えました。またお会いできるといいのですが」

志木は皇の言葉に小さく頷き返しながらも、これ以上は考えても答えが出ないと思考を打ち切る。

ダンジョンについては一先ず二人の心中に留め置き、棚上げすることに。

地上に戻りながらも、志木は、さっき頭から追いやったはずの青年の顔を知らず知らずのうちに思い浮かべていた。

――まさか、とは思うけど。でも、否定しきれない。そんな存在感があった。……探索士でないなら、貴方は一体何者なの？

その後も志木は、折に触れて青年たちの顔を思い出し、何かしらの関連を疑うのだった。

第12話

『おはようございます、新海君!!』
画面越しの織部は満面の笑顔だった。
疲れなど一切残っていないとばかりに、元気に挨拶してくる。
「オッス……って言っても、もう昼だけどな」
俺はクーラーの効いた自室で、更に団扇をあおいでいた。
手を動かして、少しでも眠気を誤魔化したかったのだ。
昨日はあの後、リストを興奮して眺めてたせいで寝不足なんだよな……。
『はい!!　もうお昼です!!　フフッ』
何が楽しいのか、織部は興奮気味に笑っている。
今にもスキップしそうなくらいで、ウキウキしている様子が俺にも伝わってきた。
「……ああー、何だ、何か良いことでもあったか？」
明らかにその理由を聞いてほしそうだし。

ってかそれを聞かないと話進まなそうだし。

俺は棒読みみたいにならないよう注意して尋ねた。

『そうなんです‼　私、２日で着くって言ったじゃないですか‼』

尋ねてもらえたことに、大袈裟なくらい反応する。

「ああ……だから驚いたんだ、もう着いたって連絡来て」

『私もそう思ってたんです。依頼のダンジョン攻略が難しそうで、それくらいかかると踏んでたんですが――』

「……それが、意外に早く片付いたってことか？」

『はい‼　――』

織部が経緯を説明する。

要するに、序盤のボスである鎧騎士が、なぜかクソ強いと。

でも流石に何か攻略法があるだろうと探す。

４つのダンジョンに、その鎧騎士を動かしているエネルギーの元がそれぞれ隠してあって。

それをぶっ潰せば序盤のボスに相応しい戦闘能力になる、と。

ゲームとかでもまあ見聞きする話だな。

「――それで、ボス戦自体、というよりはその４つのダンジョン捜索・攻略に時間がかかると踏んでいた、と」

『そういうことですね。でも、私が見つけたのは3つでした』

「ん？　つまり、他の冒険者か誰かが代わりにそれを潰してくれたのか？」

織部は、俺の理解は正しいというように、頷いてくれる。

『おそらくそうでしょうね。私以外にも依頼された冒険者が何人もいましたから』

「ふ～ん……」

織部の方の世界についてじっくりと話を聞く機会って、そういえばあんまりなかったな。

異世界の生活を直に聞けて、新鮮な気分だった。

『──それでですね。依頼達成が予定よりも早かったのと、あと、私が3つダンジョン潰したんで、報酬も物凄い額もらったんです！　一生遊んで暮らせる額なんですよ!!』

織部は体全体で、その興奮、嬉しさを表現した。

余程貰った金額がデカかったのだろう。

一発の依頼成功で大金持ちって……。

まあそこは異世界クオリティーなんだろうな。

「良かったな……何か買うのか？」

『はい!!　この後も町を見て回るつもりです!!』

……ああ、そうか。

織部がこれだけ嬉しそうに、楽しそうに話すわけを今理解した。

織部は異世界を救うため頑張っている。

だが、誰かのために、他の何かのために頑張れる強い少女だったとしても、織部だって、一人の普通の女の子なのだ。街を散策して、ウィンドウショッピングに興じて――そんな何気ない日常を過ごしていても何らおかしくない、そんな年頃の少女なのだ。

「……そうか。たまの休みだ、楽しんでくれればいい」

混じり気なしに、織部を労う気持ちでそう告げる。

それに、一瞬織部はポカンとした。

だが言われた言葉の意味を理解したのか。

その理解に伴って、じわじわとその顔に笑みが広がった。

『――はい‼』

『なるほど……』
その後、今度は俺の報告する番となった。
必要最小限に端折って、近況を伝える。
あれだけ屈託ない満面の笑みを浮かべた織部に、変な報告をして水を差すのも悪いからな。

『そうですか……あと、さっき言ってた〝灰グラス〟、でしたっけ？』

「ああ。えっと……これだこれ」

あの物凄く安っぽい麻袋――マジックバッグから、灰色のサングラスを取り出してみせる。

『ふむ……ちょっと待ってくださいね』

そう言って、一旦画面から織部がフェードアウトする。

しかし、3秒もしないうちに戻ってきた。

その織部は、白い長手袋を二つ、手に持っている。

『これ、〝老魔術師の白手袋〟です。私はこれを選びました』

「……は？　――なっ⁉」

織部は何でもないことのように言うが。

それって、俺が選ばなかった二つのうちの一つだろう⁉

「お前、それを持ってるってことは――」

『はい。私もダンジョン攻略で、これを貰いました』

「…………」

俺は言葉を失った。

そういうことをサラッと言う、もう……。

ただ、怒ることでもないので、一つ溜息を吐くだけにとどめた。

「ついでに、3つの内それを選んだ理由を聞いても？」

俺がそう尋ねると、あれほど滑らかだった織部の口が、一瞬にして閉じる。

「織部？」

『――またですか⁉　新海君、わかってて言ってるでしょう‼』

噴火したように真っ赤になって、織部が突っかかってくる。

しかし、俺には全く思い当たる節がなかった。

「いや、3つあって、なんでそれを選んだのかって純粋な疑問を――」

『嘘です‼　その目が雄弁に語っています‼　〝ああ、織部、痴女り魔みたいな衣装に変身した後、ほぼ素っ裸だもんな。ちょっとでも隠したかったんだろう〟ってわかってて、私に言わせようとしている目です‼』

「いや、全くわかってなかったのに……」

ってか〝痴女り魔〟ってなんだ。

〝痴女〟と〝通り魔〟をかけているのか。

変な造語を作るほど、また暴走している。

『信じられません‼　〝織部、特に腕の部分は露出するよりむしろ長手袋をつけた方がかえっていやらしくなるだろうに――やっぱり織部は痴女の才能があるんだな〟って思ってます‼』

「それ……俺の真似？」

何かニヒルに笑って、声も意識的に低くしている。

おそらく俺の真似をしているのだろう。

全くそんなこと思ってないのに。

織部、むしろそれを言ってしまうことで自爆してるってことを学習してくれないか。

「織部……また自滅、してるぞ？」

俺が至って冷静に、そう告げると。

『…………』
２、３秒、固まる。
そして――

『――違うんです‼　私、別にそんな妄想を常日頃しているわけではないんです‼』

「いやもうわかったから‼　それ以上しゃべるな‼　傷口を自分でほじくり返してるぞ⁉」

混乱に拍車がかかったかと思うと、今度はテンションが急降下。

『最悪です……もう異世界で骨を埋めるしかありません。それか新海君の記憶を改竄するスキルを旅の中で見つけ出すしか――』

ヤバい。

また虚ろな目をしてブツブツ呟き出した。

ってか自滅なのに、なんで俺は自分の記憶の心配をしなければならないのか。

『そうだ……私だけが恥ずかしい思いをするからいけないんです。新海君にも、私と一緒に恥ずかしい格好をしてもらって、そうすればお互い――』

……アカン。

どんどん目が暗くなっていく。

「――織部、冷静になったらメッセージ送ってくれ」

『それか、いつも妄想してるみたいな、お互いに恥ずかしい部分を見せ合うということでも。どうせ私は変身時、半裸も同然――』

――ブツッ

俺は通信を一時切断する。

「……アイツ、大分闇が深いな」

□◆□◆　□◆□◆　□◆□◆

その後、10分くらいしてから、織部がメッセージを送ってきた。

文面には取り乱したことを詫び、必要な情報のやり取り自体は済んでいるので、これで今日の分は終わりにしようと書かれており、更に以下の文が添えられていた。

『〝老魔術師の白手袋〟は触れた魔法を魔力へと還元・吸収するものです。ですが、ずっとは使えません』

ああ、そうか。

俺の灰グラスについて、何か問題とかアドバイスはないかと尋ねた返答かな。

『ダンジョンにてこれを装着し続けていると、使用に必要なエネルギーがチャージされていきます。充電のようなイメージですね』

「へ～……」

ということは、灰グラスも同様に、ダンジョン内での装着によって使用時間を伸ばせそうだ。

今後の攻略における戦術・戦略の幅も広がる。

織部に相談してみてよかったな。

「――あの、ご主人様」

扉の向こうから、声がかかった。

「おっ、ラティアか……」

後で頃合いを見て呼ぼうと思っていたので、丁度いい。

「大丈夫。入ってくれ」

「はい……失礼します」

ラティアがゆっくりと扉を開け、部屋に入って来た。

「今日の夕食のご相談に伺ったのですが――」

そう言いつつも。

ラティアはチラチラと、俺の部屋のあちこちへ視線を向けている。

何とか俺に気づかれまいとしているが、興味があることを隠しきれていなかった。

……まあ、男の部屋が珍しいだけ、じゃないかな。

俺はDDを仕舞い、ラティアに座るよう促した。

「どこでもいいよ――ああ、でも床に直座りは勘弁してくれ」

「あっ……はい」

ラティアの行動を先読みして、釘をさしておく。

だって俺だけ椅子だとなんか居心地悪いし。

「本当にそこ以外ならどこでもいいけど？」

「では……」

少し迷った挙句。

ラティアはちょこんと俺のベッドに、腰を下ろした。

………いや、いいんだけどね、俺がそう言ったんだし。

ただ座布団に座ると思ってたからびっくりしただけで。

「先に、ラティアに聞いておきたいことがあるんだ」

気を取り直して、俺は話を切り出した。

ラティアに、新たな奴隷を買うことについて、聞いておきたかったのだ。

新しい、二人目の少女を買うのは、それからでもいいだろう。

……エルフの神官少女は別に明日以降でも逃げはしない。

「――ラティアは、新しい奴隷を買うことについて、どう思ってる？」

――しかし、俺は、今この時の判断を、後になって、大きく後悔することになる。

第13話

「──……えっ？」

そんな、ラティアの声が零れる。

全く想像だにしていなかった──そんな声だ。

「ん？　いや、そんな驚く程のことでも──って⁉」

ラティアの目から、涙が溢れていた。

ラティア本人も、そのことに気づいておらず、ただただ呆然としていた。

「ラ、ラティア⁉　ど、どうした⁉　何で泣いてるんだ⁉」

慌てて立ち上がり、ラティアに駆け寄る。

そうして初めて、ラティアも自分の頬を伝う雫に気がついたようだった。

「あれ、なんで、涙が……だ、大丈夫です、何でも、ありません──」

グシグシと自分の手の甲で、ラティアは涙を拭う。

しかし拭いても拭いても、目からどんどん涙が溢れ出てきて、止まってくれない。

「大丈夫じゃないだろう……」

俺も何とかしようと自分の衣装ケースからハンカチを引っ張り出す。

そして急いでラティアの目の端に当ててやった。

「あり、がとうございます……もう、大丈夫、です……」

そうは言うが、声も未だ震えている。

ラティアが無理をしているのは明らかだった。

それでも、ラティアは、立ち上がり。

一歩、俺から距離を取った。

そして――

「本当に、ありがとう、ございました――」

精一杯、笑ってみせた。

「ご主人様と、過ごせた、時間、は、とても、とても大切で、温かくて――」

嗚咽を漏らしながらも、涙を流しながらも、ラティアは笑顔を崩さない。

なので、泣き笑いみたいな表情になってしまっていた。

「私の、大事な、大事な、宝物です……ご主人様への想いも、この後も、ずっと、ずっと変わらず――」

「ああっ!!　待て待て!!」

完全に別れの挨拶に入っているラティアの言葉を強引に止める。

一瞬拒むように後ろに下がったが、踏み込んで、肩を掴んだ。

「何か盛大な勘違いをしてないか⁉　ラティア‼」

俺が尋ねると、ラティアは驚いたのか、しゃっくりが止まるように、ふいに泣き止んだ。

「えっ？　……ですが、あの、新たな奴隷の、ご購入を検討されていると……」

そしておずおずと、答え始める。

「ああ、そうだ、それで何故ラティアが泣くんだ⁉」

「ですから、新たな奴隷を買われるのであれば……私は、お役御免になるのでは？」

ラティアの返答に、俺はようやくラティアの反応の意味を理解した。

あぁぁ、そこか……。

「……スマン、完全に俺の言い方が悪かった」

これは間違いなく俺のミスだ。

もっと言い方とかあっただろうに。

ちょっと寝不足で頭が回らなかったとか。

織部とのやり取りを終えて、完全に緊張が解けてたとか。

スッとそんな諸要因が頭をよぎるが、今はそんなことを考えている場合ではない。

「ラティアを捨てたり追い出すなんてことはない。それは絶対だ」

誤解を解くべく俺はしっかりとラティアの目を見て、そう断言した。

だが――

「……その、ですが、では新しい奴隷を買われる、というのは……どういうこと、なのでしょうか？」

ラティアはまだ頭の中で、俺の言ったことと、自分がクビになるかもしれないという誤解について殆ど整理できていないようだった。

今もなお不安そうな表情を覗かせている。

「だから、その人も今後ラティアと一緒に暮らすことになるかもしれないから、ラティアの意見を聞こうと――」

「それは、私とその奴隷の方は二人で、ご主人様とは別に生活を送る、という意味でしょうか？」

「ああ、いや、違う、そうじゃなくて……」

先ほどの誤解は何となく解けたかと思ったら、今度はまた違う風に勘違いしている。

クソッ、それもこれも、全部自分の口下手さや迂闊さが招いたことだ。

今ラティアは、こっちに来て一番の不安を感じているはずだ。

そんな精神状態だと、次々と新たな不安が、疑問が湧いてきてもおかしくない。

どうしたら……。

――ピーンポーン

「――あっ？　チャイム⁉　この大事な時に一体誰が……」

閉めていたカーテンをシャッと開けて、外を窺(うかが)う。

何だよ……宅配便か。

玄関には、大手通販サイトの宅配用段ボールを抱える、配達員の姿が。

働き方改革の真っ只中(まっただなか)申し訳ないが、後で不在票に連絡を入れよう。

「……あの、ご主人様、宜(よろ)しいのですか？」

ラティアが心配そうにこちらを見つめている。

「ああ、今はこっちの方が大事だし……」

「ですが、私のことは、後でも……」

ラティアはやはり自分のことを後回しにしてくれと言う。

本当にどうしよう、かなり深刻だ。

――ピーンポーン、ピンポーン

「ああっ、クソ。今度は2回も‼」

ってか何だよ、このタイミングで注文したものが来るって。

俺一体何を頼んだよ⁉　ゲームも本も、最近は全く注文してないってのに。

衣服だって適当に外で買う――……衣装？

俺はハッとしてラティアの方を見る。

そして、ラティアの手を、取った。

「え、あの、ご主人様⁉」

「ラティア、来てくれ‼」

そのまま少々強引に、ラティアの細い手を引いて、階下に。

そして、玄関前まで来て、その手を離す。

「ちょっと待っててくれ」

「は、はい……」

何が何だか、といった感じで呆然としているラティアを後ろで待たせる。

「――すいませんでした、ちょっとトイレ入ってて」

「いえいえ、では、確かにお届けしました」

軽く頭を下げた配達員のオジサンに礼を言って、すぐに俺は家の中に入る。

そして手に持った段ボール箱を床に置いた。

「……ご主人様、それは？」

「ふふん……今わかるぞ？」

不思議そうに眺めるラティアに見せつけるように、俺はガムテープを剥がしていく。

段ボールの中へと手を入れ、それを取り出して、ラティアへと掲げてみせた。

やっぱり、これだったか——

「——ラティア‼　サキュバスの衣装だ‼」

それは、以前注文していた、既製品のコスプレ衣装だった。

こんなに早く届くとは思っていなかったが、良いタイミングで来てくれた。

「今すぐこれを着て、俺に見せてくれないか⁉」

「……え？」

「な？　ラティアが欲しがってた、サキュバスの衣装だぞ？」

俺がもう一度押してみると、ラティアは——

「……は、はい。わかり、ました」

未だ状況が呑み込めないながらも。

ラティアは俺の求めに応じてくれた。

「——あの、ご主人様、どう、でしょう？」

「…………」

脱衣所から出てきたラティアは、届いたコスプレ衣装をきちんと身に着けていた。

と言っても、そこはサキュバスのコスプレだけあって、着替えた後の方が肌の露出が明らかに多いものとなっていた。

服を着ているというよりは、胸と下半身の大事な部分、そして腕と足を、黒いエナメルの生

地が何とか隠している——そう表現した方がしっくりくる。

でも、それがラティアにとてもよく似合っていた。

しばらく言葉を失っていたが、すぐに正気に戻り、俺は大きく頷く。

「うん……凄く似合ってる。ラティアの良さが、全部引き出されてると思う」

「そ、そうでしょうか……」

流石に気恥ずかしいのか、ラティアは片方の腕を胸の前に、そしてもう一方は股の辺りへと持っていった。

また、何とかバレないように、食い込んでしまっている下着部分を、指で直そうともしている。

……ただその隠そうとする仕草自体が、こう、グッとくるんだが。

この子は本能的にやってるんだろうな……。

「ラティア」

「はっ、はい‼」

名前を呼ばれたラティアはピンと背筋を伸ばした。

隠すのに使っていた腕を、きちんと横に持っていく。

「——俺は、こんなにも魅力的なラティアと一緒にいられて、毎日本当に嬉しい」

何とか、思ったことを、感じたことを、言葉にする。

口下手で、上手く表現できていないかもしれない。

でも、ここできちんと伝えないと、ラティアの不安を消し去れない。

そんな気がした。

だから。

どれだけ不格好に映ろうとも。

どれ程つっかえながらになろうとも。

言葉にしようと、そう思った。

「その衣装も、ラティアの女性としての魅力を最大限に引き出してると思う。というかぶっちゃけ凄いエロい」

引かれたらどうしようとか。

上手く伝わっていないかもしれないとか。

そんなことは今はなしだ。

ラティアは、その衣装のままでいるのが恥ずかしいのか。

顔を赤くしながらも、俺の言葉に耳を傾けてくれている。

「こんな口下手で、コミュ障で、上手く伝えられないことも多いが……いつもありがとう。あと――」

何とか、ラティアの不安が消えてくれるように。

笑顔で日々を過ごしていくことができるように。

「そんな魅力的なラティアと、〝これからも〟一緒にいられると、嬉しい。〝今後とも〟よろしく頼む」

今日で終わりじゃなくて。

これからも一緒に――そんな思いをできるだけ強調する言葉を選んだ。

これでダメなら、もう俺じゃ無理だ。

そんなドキドキを抱えながら、ラティアの反応を待っていると――

「…………はい。これからも、ずっと、〝末永く〟よろしくお願いします」

ラティアは、また、泣き笑いの表情を浮かべていた。

でも、それは、先ほどのモノとは全然違って。

悲しみを堪えて、何とか笑ってみせよう――そんな辛さなどは一切見えず。

本当に心の底から嬉しさが溢れ出た結果、そうなったように見えた。

□◆□◆　□◆□◆　□◆□◆

ふいぃぃぃぃぃ。

よかったよかった。

誤解が解け、ラティアもちゃんと安心してくれたように思う。

その後、また部屋に戻って、今度こそちゃんとラティアの話を聞こうということになった。

戻る途中、織部からメッセージがあったが、今は後回しにする。

ようやく元通りになったラティアとの時間を大切にしないと、また変にすれ違うかもしれないから。

それに、チラッと見たが、織部からの連絡は、『会ってほしい人がいます』という簡潔な〝メッセージ〟だったので、緊急性は低いはずだ。

必要なら〝通信〟を使ってくるだろうし。

ってか俺は付き合っている相手を紹介されるお前の親父かよ。

「――それで、改めて聞くけど、一緒に暮らすならどんな奴隷の子がいい？」

問い直しになったが、ラティアはそれで気を乱すこともなく。

「えーっと……ご主人様のお家で、ということですよね？」

ちゃんと前提を確認して、やり取りしてくれていた。

俺も、きちんとラティアの言っている意味を考え、できるだけ誤解を生まないよう、話す。

「ああ、そうだ、この家で、だ。遠慮なく言ってくれ」

あと一人くらいならまだ普通に住めるからな。

元々俺、両親の三人だったのだ。

それに二人は今、仕事で事実上海外に拠点を移しているようなもの。

だから、俺とラティアの二人から三人になっても大丈夫だろう。

「うーんと……それなら、可能であれば〝女性〟の方が、私としてはありがたいです」

可愛らしく顎に指をあてて考えたラティアは、少しだけ遠慮がちに、そう言った。

「男性の奴隷ですと、どうしても〝サキュバス〟の〝チャーム〟との関係上、お互いに不便になりますので」

ああ、そういう部分も考えないといけないのか。

まあ俺自身も、むさ苦しいオッサンの奴隷とかと一つ屋根の下で生活するのも抵抗があるからな。

「わかった。そこは多分大丈夫。他に、何か気になることはあるか？」

「えーっと……ダンジョン関連で、ということでもいいですか？」

「ああ、勿論」

俺が頷くと、ラティアは以前俺があげた紙とペンを取り出した。

そしてその小さな紙に、幾つかの棒線と○を書いていく。

「えっと、あの、でしたら、購入されるのは〝パワーアタッカー〟か〝ライトアタッカー〟の奴隷がいいかと」

ラティアはその紙を使って、説明する。

「今は私とご主人様二人で、攻略しています。私は、後衛の所謂〝バックアタッカー〟です」

そして、三つのエリアに分けられたうちの、一番後ろにある○を、指さした。

「所謂って言われても初耳なんだが……」

まあ何となく言いたいことはわかる。

「とすると……俺はこれで……」

ラティアがわざわざ真ん中のエリアの○に〝ご主〟という字を書いていたので。

それを指し示した。

別に〝ご〟でも〝主〟でもいいのに、なぜその2文字にしたのかは不思議だが。

「はい。ご主人様は前衛の〝タンカー〟をなさっていますが、今では【回復魔法】もお使いになれますし何より攻撃も普通にされます」

そして、ラティアはその○の下に〝オールラウンダー〟という文字を付け足す。

「今のところ、これでダンジョン攻略ができていますが、私としてはまだまだだと思うんです」

ラティアは不満を口にする。

それは俺がさっき「遠慮なく言ってくれ」と言っていたから、というよりは。

以前から同様のことは常々口にしていて、それの繰り返しだった。

「私が詠唱している間、ご主人様がお体を張って、時間を稼いでくださる――その戦い方そのものを、私は何とかしたいんです」

現在のような、俺がサンドバッグを引き受けて、ラティアが詠唱するという体制自体を。

ラティアはずっと変えたいと思っていたらしい。

「ふむ……だから、前衛を入れたい、と？」

別に俺は気にしてないんだが。

でも、そう思ってくれること自体はありがたい。

俺が先を促すと、ラティアは頷き返してくれる。

「はい。私が詠唱をして、ご主人様が時間を稼いでくださって――そうしなくても勝てる一つの方法が、〝アタッカー〟を入れることだと思うんです」

第14話

「はい、ご主人様には本当に感謝してもしきれません」

『ふーん……んじゃ、ラティアちゃんは訳アリで新海(にいみ)ん所に居候(いそうろう)してるって感じか』

「そうそう、そんな感じだ」

生温(なまぬる)い風が窓から吹き込む夏の夜。

ラティアを横に置いて、逆井(さかい)とテレビチャットを行っていた。

先日のメールすっぽかし事件での埋め合わせとしてラティアとの会話を求められ、こういう形になったのだった。

画面の向こうには逆井の私室が見えていて。

一方、俺たちはPC画面に映るよう、肩が触れ合うくらいに近く、隣り合って座っていた。

……ヤバい、女子の部屋を見るのもドキドキするし。

隣は隣でラティアの感触があるし……早く終わってくれ‼

『なーんだ。最初はてっきり新海がムラムラに耐えきれず、とうとう女の子を連れ込んだのかと思ってた！』

何だよ、俺そんな風に女子からは見えてんの？

もうそこまで来ると俺、相当ヤバい奴じゃねえか。

「はいはい、どうせ俺はモテないボッチ野郎だよ」

「えっ？　……ご主人様、てっきりおモテになるのかと」

えっ、どっからそう思ったんだよ。

……ラティア、お世辞は、ね、時として本当のことを言われるよりキツく感じることもあります。

今度からは、たとえ言い辛くてもちゃんと言ってくれると助かります。

『あ、あははっ、新海って女子の中では話題になること、意外にあるんだよ？』

そんなフォローいらねえよ。

……どうせ〝ねぇ、あの男子って名前何だっけ？　あのいつも一人でいる男子〟とかだろ？

〝えー、わかんない。いつも「ねぇ」とか「あのさ」で呼んでるから！〟的な話題に違いない。

『あっ、新海信じてない顔してる！　酷くない!?　新海、アタシの話も適当に流す時あるしさ！』

「えー聞いてる聞いてる、チョー聞いてる。聞きすぎてて逆に右から左へと受け流してるまである」

『それ聞いてるって言わないし!!』

「フフッ……」

逆井を交えた会話で、ラティアは表情豊かに笑ったり驚いたりしている。

俺以外と会話することが殆どない分、他の人とこれだけ長く話せているのが新鮮で楽しいのかもしれない。

逆井にはラティアと仲良くなってもらいたいな、と思っていたが。

『あ〜！　ほらまた、聞いてない顔してる‼　ラティアちゃん、今の見た⁉　絶対聞いてなかった‼』

「フフッ、リア様。ご主人様のお顔をよく観察していらっしゃるのですね？」

『えっ⁉　あっ、いや、そういうことじゃなくって……っ、っていうか！　新海、夏休みアレじゃない⁉　チョー短い！　宿題も全然終わんないし‼』

何故か慌てて話題を変える逆井に、また隣でクスクス笑うラティアの声が。

本当に楽しそうな笑顔だった。

その後も、俺が間に入って話を進めなくても、二人で俺の話をしたりして会話が進んでいた。

……もう既に、仲、良いんじゃないかな？

ラティアの生活面について一つ、不安材料が解消されたのだった。

「っし、終わったぁぁ‼」

俺は伸びをして凝り固まった体をほぐす。

夏休みは残り少なくなったが、少しずつ進めていた課題がようやく全て片付いたのだ。

清々しい気分で、軽く高揚感が湧いてくる。

そして――

「今日は〝Ｉｓｅｋａｉ〟さん、お世話になりますね……グヘヘ」

悪徳商人っぽい声を漏らしながらＤＤ――ダンジョンディスプレイを出して操作を進めていく。

ラティアと検討を重ねた結果、前衛を務められる奴隷か、あるいはエルフの少女を買おうという結論に達したのだ。

前衛は言わずもがな。

エルフの少女は〝神官〟というジョブが、大きな決め手となった。

前衛でなくとも、回復魔法を使える可能性がある。

そうすれば、俺がタンクを務めても怪我を治せるからだ。

決して俺がエルフを推したわけではない。

むしろエルフの少女についてはラティアの方が強く推していた。

前衛で良い奴隷がいなければ、最有力候補はそのエルフだ、と。

「何であんなにラティアがエルフを推していたのかはわからんが……」

まあ俺としてはどっちでも構わないんだが。

さて――

「購入をっと……――え？」

俺は、目を疑った。

「あれ……そんな、はずは――」

〝Ｉｓｅｋａｉ〟のサイトを閉じて。

もう一度立ち上げる。

だが――

「……な、い」

何度見返してみても、ないのだ。

「６件あった、はずなのに……１件しか、ない」

つまり、エルフ神官も含め、５人の女性奴隷は、売れてしまっていた。

項目には、ポツンとそれ一つだけが、掲げられていた。

『奴隷　女性　戦闘専門：２２０００ＤＰ
詳細：スキル所持。特殊なジョブを保有。※価格理由：若く、容姿は極めて優れているものの、奴隷になった経緯が非常に複雑。また、扱いが非常に難しい。ジョブ自体も死にジョブと化している。本人も売られること自体を拒んでおり、長期間売れ残り』

「あぁぁぁぁぁぁ……」

ベッドにダイブした後、枕に顔を埋めて声を上げる。

俺は今、物凄い後悔に襲われていた。

「何でもっと早く決めなかったんだぁぁぁぁ……」

いや、ラティアに確認を取る必要はあったんだ。

だから仕方ないといえば仕方ない。

でも、でもなぁ……。

「何で1日2日で一気に10人も買うんだよ……」

確認してみると、男性の方の奴隷に至っては5人丸々が売れてしまっていた。

イラつく〝SOLD　OUT〟の文字がデカデカと書かれているのだ。

異世界で売っている品を、そのまま俺が〝DP〟を使うことによって買うことができる。

そういう仕様だから、確かに異世界側で買われてしまうということもあり得たんだ。

でも、まさか自分がこのタイミングで、それに遭うことになるとは……。

――ビビッビッ
「あん？　――ああ、織部か」

丁度DDを出していたので、すぐに織部からのメッセージが届いたのだとわかった。

「…………は？」

メッセージを開いてみると、まあ内容自体はなんてことはない。

また、衣服、特に下着・肌着類を買って送ってほしい。

そういうものだった。

だが……。

「……織部、それは流石に無理があるだろう」

俺は以前、織部の下着等を買う羽目になったので、本人からサイズを聞いていた。

そしてサキュバスであるラティアじゃないんだから、1日2日であの発展途上が巨大化するわけがない。

――胸のサイズが、4つも上の物を注文してきやがった。

「……これは、あれか。パッドも買えってことか」

異世界で、何か見栄を張らないといけない依頼にでもあたったのだろうか。

それか潜入捜査的な？

「それでも4つはキツイと思うんだが……」

……でもまあ、本人も気にしているだろう。

俺は、掃除中に息子のエロ本を見つけた母親の如く優しい気持ちで。

「『わかった。あと、俺は詰まってても気にしない。どんな織部でも受け入れるからな』っと」

温かみに溢れるメッセージを送っておいた。

すぐに返事が来る。

『？　ありがとうございます。送ってくださるのであれば、詰めていただいて構いません。よろしくお願いしますね』

「えっ、俺がパッドを詰めた下着を送れってことか⁉」

織部の奴、それだけ余裕がないのだろうか。

いや、それだったら通信くらい使ってくるはず。

「……まあ、本当に何かあれば、言ってくるだろう」

「では、こちらの奴隷をご購入されてはいかがでしょう？」

「え？　でも、本当に？」

その後。

ラティアにさっきの経緯を説明すると、そんな答えが返ってきた。

「はい。見たところ……」

俺が開いていたＤＤの〝Ｉｓｅｋａｉ〟の画面を見て、ラティアはすんなりと頷（うなず）いて返す。

「〝戦闘奴隷〟ということですね。基本的にこういう表現は荒事（あらごと）を担（にな）っていた者に対して使われます」

その説明を聞いて、一瞬考え込む。

「ってことは……前衛を担える可能性があるってこと？」

「はい。戦士系統か、格闘家系統か、みたいなことまではわかりませんが」

「ふーむ……」

問題はそれだけではないんだが……。

でもなぜかラティアは乗り気だ。

「ご主人様が気にされているのは、従うかどうかわからない、という点ですか？」

「ん～……」

ラティアの問いかけに、頷くかどうか迷う。

「最悪……奴隷は購入の際に〝奴隷契約〟の魔法を更（さら）にかけられるので、ご命令いただければご主人様に従います」

「え、そうなの？」

ラティアを購入する際に、そんな感じの文章を読んだ気はする。

でも、実際に使う機会なんてなかったから完全に忘れてた。

普通にラティアが良い子だったからな。

「はい……いかがでしょう？」

そのラティアは、この奴隷を買う方向にかなり積極的だ。

勿論、懸案だった前衛を担える存在である可能性が高い、という点も大きいが。

……まあ、ラティアなりに、何か俺のためになると思ってくれてるんだろう。

「もしご購入されるのであれば、私がご主人様の指示に従うように説得します‼」

強い意志を感じさせる瞳で、ラティアはそう言ってきた。

……うん、やっぱり何か思うところというか、考えるところがあるようだ。

「ジョブもあればそれに越したことはありませんが……」

そこはラティアの前例があるから、大きな問題にはならないだろう。

ジョブがなくても、ラティアのように立派に戦ってくれることもあるからな。

「――わかった。じゃあ、買うか」

「ああ‼　はい‼」

□◆□◆　□◆□◆　□◆□◆

「――……確かに、息をするのも忘れちゃうくらい、綺麗な子ですね」

隣で見守っているラティアが、はふぅと感嘆の息を漏らす。

「……そうだ、な」

ラティアの時と同じように〝Ｉｓｅｋａｉ〟で手続きを進めていくと、画面内の商人がどこかに足を運び、その女の子を連れて戻って来た。

今回は建物内に、別に奴隷の待機部屋のようなものがあったようだ。

そして見るからに悪そうな顔をした商人ですら、連れて来た少女を横に置き――

『……本当にご購入されるんですか、お勧めはしませんよ？』

と親切に教えてくれるのだ。

……余程問題があるんだろうな。

ラティアの言った通り。

商人に連れられてきた少女は、一目見たら決して忘れないだろう恵まれた容姿をしていた。

ラティアも綺麗で、誰もが振り返るようなくらいに優れた容姿だが。

ラティアのそれは、可愛さ・愛らしさが同居したものだ。

この少女は、綺麗さ・美しさそれだけが突き抜けたようなものだった。

腰まで届く程の長い髪は、その凜とした姿を映すように綺麗な藍色を帯びていて。

先に言われてなければ戦闘専門などと思えないほど手足は細い。

ただそれはか弱さを連想させるものではなく。

モデルみたいに芯の強さみたいなものを感じさせた。

背もラティアくらいにはあるし、スラッとしている。

「じゃあ……購入するぞ」

「はい……」

何故か、二人して何かの合格発表でも待ち構えているかのように、ゴクリと唾を飲む。

そして、購入手続きを完了し――

「来ました‼ ご主人様、来ましたよ⁉」

「お、おお‼ 来るぞ‼」

光の収束に合わせて、先ほどまで画面内にいた少女が。

今、目の前に姿を――

「――ふぅ……そっ。アンタが、私を買ったマスター？」

少女は、一切表情を変えず、俺へと視線を固定して。

「――不快。どうして、私を買ったの？」

そう問いかけた。

続けて。

少女は初めて、感情を見せる。

とても衝撃的なことを、告げながら。

「――ゴメン、私は、アンタを、殺すかもしれない」

その言葉は、全てを諦めてしまったかのような、そんな悲しみに満ちていた。

第15話

「――おっらっ‼」
フワッと宙を浮く、テルテル坊主(ぼうず)みたいな幽霊モンスターを殴りつける。
物理攻撃は効(き)かない――なんてことはなく。
『――⁉』
触れれば、ちゃんとダメージを与えた手応(てごた)えを覚える。
そして、このモンスターは殆(ほとん)ど戦闘能力がない。
なので、2、3発攻撃を加えれば、それで力尽きてくれる。
『――――』
耳で聞き取れないような声を上げる。
そしてユラユラっと重力に引っ張られる羽のように、力尽きた布は地面へ落ちていく。
ただ、それと一緒に――
「――チッ‼　〝呪(のろ)い〟か⁉」

体からエネルギーが抜き取られたような感覚が、俺を襲う。

コイツら、やられてくれるのは早いが、物理接触をすると状態異常を食らうのだ。

俺は、すかさず覚えたての詠唱を、完成させる。

「《身を包む呪いよ、その縛を解き放て――》【解呪】!!」

白く温かな光が、俺へと降り注ぐ。

纏わりついていた体の怠さが、一瞬にして抜けていくのがわかった。

〝呪い〟の状態異常から回復したのだ。

「ふぃぃぃ……」

戦闘を終え、そして自らの体のケアもこなし、一息つく。

《ダンジョン鑑定士》のジョブのおかげで、この先に出てくるモンスターもどういう敵かがわかっている。

今後も、出てくるのはあの幽霊モンスター〝ゴースト〟。

何の捻りもないが、まあよくゲームでも見るようなモンスターだ。

それが後3回、合計5体。

まあこれなら何とかなるだろう。

《ダンジョン鑑定士》は持ち主のレベルに応じて鑑定できるかどうかが決まる。

なので、自分の力量以下のダンジョンであればこうして先を見通すことが可能となるのだ。

「…………」

特に意味はないけれども、後ろを振り返る。

そこには、勿論、誰もいない。

そう──

「──ラティア、大丈夫かな……」

ラティアは留守番をしている。

というか、あの少女の面倒を見ているのだ。

『彼女の──〝リヴィル〟のことは、私に任せてもらえませんか⁉』

名前だけを告げ、それ以外は一切口を閉じてしまった彼女を見て。

どうすべきか考えあぐねていた俺に、ラティアは率先してそう言ってくれた。

「まあ、俺は相当に嫌われてるっぽいからな……」

なんせ『殺すかもしれない』なんて言われてるし。

それに、見たところ、ラティアと歳も近そうだった。

「女子同士にしかできない話もある、か……まあ一人で試したいこともあったし、丁度いい」

そう独り呟いた。

そしてしばらく休んだ後、この墓地へと続く道にあったダンジョン探索を再開した。

□◆□◆　□◆□◆　□◆□◆

「――おお、織部の言っていた通りだな」

今視界は、薄い灰色一色に塗り潰されている。

その中で見えているゴーストは2体とも、何か警戒しているような動きを見せる。

だが、近くにいる俺を全く捉えられていなかった。

「こんな目の前にいんのに、なっ‼」

相手に姿を捉えられずに、相手を害する。

まるでゴーストたちのお株を奪うかのような状況に気を良くする。

単なる蹴りを受けたゴーストは、完全に不意を突かれた形になって、一撃で力尽きた。

「うっ、〝呪い〟か……詠唱詠唱……」

そして物理攻撃に伴う状態異常が、俺の体を襲う。

が、それを回復するために詠唱に入っても――

『――!?　――――!?』

もう1体のゴーストはキョロキョロと右往左往するばかりで。

目の前で詠唱を続ける俺を、見つけることができないでいる。

物凄いスリルはあるが、これで、詠唱中も認識されないということが確認できた。

しかも、ゴーストに目はない。

つまり音はわからんが、〝視覚〟以外の感覚器官にも引っかからないのだ。

「――ふぅぅ……マジでこれ、使えるな」

相手を倒し切り、重ねて【解呪】を使った後。

俺は、かけていた灰グラスを外す。

織部が言う通り、ダンジョン内に入ってまず装備した。

最初は電池切れみたいに、ただの伊達メガネ以外の意味はなかった。

だが暫く経つと、視界が灰色に一変したのだ。

そしてそれからは、先の通り。

「時間は……1分か」

ストップウォッチで測った結果。

それが、効果のおよその持続時間だった。

30分くらいは中にいるはずだ。

若干、充電時間が長い気もするが。

でも、30分待てば1分間、相手からは見られないようになると考えると……。

「……十分アリだな」

その後、かけた状態だけじゃなく、手に持った状態で30分待機してみる実験もしてみた。

すると、あることに気づく。

「――なるほど……このサングラスの縁の部分が、バッテリー量を表してんのかな」

最初は左半分が白。

右半分は黒色だった。

だが使い切るとそれが透明になるのだ。

30分間見続けていると、どんどんバッテリーが貯まっていくみたいに、縁の先から白と黒がレンズ部分へと迫っていった。

そうして混じり合って灰色になると、充電完了というわけだ。

「もうモンスターは片付けたが……一応つけて行くか」

このかけた状態に慣れる意味もあって。

俺はまた装着して、先を進むことにした。

「……何だ、織部、テンション低そうだな」

もうすぐ、いつもの台座の間にたどり着く。

今回はＤＰか、それともダンジョン捕獲か、どちらにしようか――そう考えていた時だった。

『――そう見えますか……』

織部から、メッセージが届いたのだ。

何だ何だと思って開くと、〝愚痴を聞いてくれませんか〟と簡潔にそれだけが書かれていた。

事情はわからないが流石に気になったので、すぐさま通信を繋いだ。

もう後はＧｒａｄｅをどうするかという段階まで進めていたので、素早く決断した。

いつもＤＰが消費されることを気にする織部が、こう言ってきたんだ。

それに、〝相談事は、されたら真摯に向き合う〟――それが俺たちの関係の暗黙の決まりだったから。

「ああ、前に連絡取り合った時は、あんなにテンション上がってたのに」

画面越しの織部は、明らかに落ち込んでいた。

何か壁にぶつかったというか、上手くいかないことがあったみたいな、そんな感じ。

地べたに腰を下ろし、じっくりと話を聴く姿勢を取る。

『そう、ですね……でも、物事、全部が上手くいくわけではないんですね』

そうして溜息をつく。

……これは、結構重症かも。

何か別の話をして、無理にでも織部の気を紛らわせた方がいい、か？

「まあ世の中そんなもんだろ――そういえば、織部。今度の注文のやつだけど……」

俺がそう話を変えると、織部はスッと顔を上げた。

『え？　……ああ。それはお願いした通りで、変更は何も――』

そこまで織部が言ったところで俺は、内緒(ないしょ)話をするように、片手で自分の口を半分覆(おお)う。

そして、声を落として――

「――パッドも、あの店で買えばいいのか？」

――ピキッ
『――えっ、何ですって？』

「え……何でキレてんの？」

『えっ、新海(にいみ)君、何ですって？』

何で繰り返すの!?

鈍感(どんかん)系主人公かよ、お前は!?

「いや、えっと……織部、サイズ、4つも上のもの、書いただろう……あれ、パッド詰めてつけるんじゃ、ないのか？」

恐る恐る趣旨(しゅし)を説明すると――

『――何でそんな不要なところで変な気を遣(つか)ってるんですか!!』

激おこ織部が降臨(こうりん)した。

『っていうか前々から言おうとしてたんです!!　新海君って変な気遣いが多過ぎます!!』

「えっ……」

『あれは私が着けるものじゃないですよ‼　何が悲しくて4つもサイズ上の下着つけてパッドで盛らないといけないんですか⁉』

驚くべきことに……あれは織部が装着するものではないらしい。

『私だって好き好んで掌(てのひら)サイズ胸を装備してないんです‼　成長鈍足(どんそく)のデバフなんてかかってません‼　ってか誰がカタツムリ胸ですか⁉』

「いや、誰も言ってないけど……」

〝掌に収まる〟と〝鈍足〟、そして〝カタツムリの丸いイメージ〟と〝胸の丸み〟をかけているらしい。

暴走した織部は変なところで頭が回る。

『――あの、〝カンナ〟様‼　お気を確かに……』

そこに、一人の少女が、入って来た。

「え……」

少女は纏(まと)っているシスター服の上からでもわかる、その大きな胸を揺らす。

流れるような金色の髪を振り乱しながら、暴走する織部を宥(なだ)めた。

『むぅっ‼　〝サラ〟は豊満バストだから余裕なんです‼　持たざる者の気持ちなんて――』

『いえ、この場合持つ持たないは関係なくですね……』

必死になって落ち着かせようとした際、その顔が画面に映る。

あどけなさを感じさせながらも、知的な印象を損なわない凛々しさも併せ持つ容姿だ。

そして、髪の間からチラッと覗くものが。

それは、普通の人にはない、長く尖った耳。

『ふんっ、やっぱりいいですね……〝エルフ〟は種族的にナイスバディな遺伝子が――』

「――お前かぁぁぁぁぁぁぁぁぁ‼」

収拾のつかなそうな状況を終わらせたのは、俺の心からの叫びだった。

□◆□◆　□◆□◆　□◆□◆

「はぁぁ……まさか織部が〝奴隷〟を購入していたとは」

俺は一旦クールダウンして、状況を見直す。

改めて整理する。

まさか、織部がエルフを買っていたとは。

てっきり、地元の私腹を肥やした太鼓腹のオッサンに買われたものと思ってた。

『あの、申し遅れました。私、エルフで、〝サラ〟と申します』

「ああ、これはどうもご丁寧に。新海っす」

『むむ……新海君、私とで態度が違います』

いや、変なところで突っかかってこなくていいから。

「――それで、織部が奴隷を買ったのはどういうわけだ？」

改めて問うと、流石に空気が引き締まったのを感じる。

「というか、あの〝会ってほしい人がいます〟ってのは――」

『はい……それはこの〝サラ〟のことです』

織部は自分の右に座らせたサラを見た。

『新海君の反応からすると……私が他にも奴隷を買ったということは、察しがついてますよね？』

「ああ……〝一人〟を除いて、な」

俺がそう言って頷くのを見て、二人の体が強張る。

『……買ったサラ以外の奴隷は、解放しました』

一段階、声のトーンが落ちたように感じた。

それこそ、元気を取り戻す前の織部に戻ったように。

「……愚痴を聞いてくれってのも、それと、関わってんのか？」

無言で頷く織部。

『――私とサラは……ある〝取引〟をしました』

織部は、心底悔しそうに、語る。

『私がすることは、ある〝試みを行うこと〟でした……失敗して、しまいましたが』

織部は、俺を見る。

『そこで、新海君に何か知恵を借りられないか、相談しようと思って連絡したんですが――』

『……もう、いいんです』

サラが、織部の言葉を遮る。

『勇者であるカンナ様が救えないなら、あの子は、もう――』

『――た、大変だぁぁぁ!!』

別の女の子の叫ぶ声が近づいてきた。

『え!?　どうしたの!?』

一気に慌ただしくなる。

何やら猫耳の少女が、織部とサラに話しかけていた。

『……ちょっとすいません、新海君、後でかけ直します』

それだけ言って、通信が切れた。

なんだったんだろう、一体……。

……と、不思議に思っていると、すぐにまた着信を告げる音がした。

「どうした、何か急ぎ事か？」

再び画面上に現れた織部は、見るからに深刻そうな表情になっていた。

少し離れたところでは、サラが何人かの人に指示を飛ばしている。

『すみませんでした。彼女たちは解放した元奴隷なんですが、報告があったみたいで』

その口ぶりから察するところ、解放した彼女たちとは、普通に協力関係を築けているようだ。

『……私が買わなかった奴隷が〝一人〟いる、という話が出ましたよね？』

「……ああ」

『それ、〝買わなかった〟んではなく。買おうとしたのに〝買えなかった〟んです。でも、それが──』

織部の口から出る言葉を、漠然とではあるが、予想できた俺は──

「……誰かに買われた、のか？」

先取りして、そう告げた。

『っっ！　──』

絶句。

なぜそれがわかったのか。

〝どうして、新海君がそれを〟。

そう言わんばかりに、織部は固まっていた。

『………フードを被った、謎の男に、買われた、らしいんです。私たちが、買おうとした、その奴隷の女の子を』

何となく大体の状況を摑めた俺は、その言葉を聞き終え。

そして――

「えーっと……〝リヴィル〟を買ったのは、俺だ。織部」

そう告げた。

『――新海君だったんですかぁぁぁぁぁぁぁぁ⁉』

今度は、織部の叫び声が轟く番だった。

『――ニイミ様が……買われた、のですか』

織部の叫び声を聞きつけて戻って来たサラが、画面越しにそう口にした。

「……まあ、な」

肯定した俺に対して、サラは何とも言えない表情をする。

『……では〝リヴィル〟ちゃんの過去についても、お知りで？』

「ああいや、それは知らない」

『あれ？　そうなんですか？』

俺の返答に、織部は意外だという反応を示す。
「……俺、相当嫌われてるっぽいし、知る機会なんて皆無だったぞ」
『……そうですか』
織部は俺の話に、深く言及することはなかった。
そしてしばし考え込んで、提案する。
『――では、一度切りましょうか。〝メッセージ〟を使って、概要は説明します』
「……そんなに長くなる話なのか」
画面上の織部は何とも言い辛そうにしながら、隣のサラを見た。
サラは、苦しそうに頷く。
そして、『これだけで誤解しないでほしいんですが……』と前置きをしてから。
重い口をゆっくり開いて、こう告げる――
『――リヴィルちゃんは……〝マスター殺し〟を犯した〝ホムンクルス〟なんです』

〈被所有ダンジョンへのアピール率……１００％。ダンジョンの捕獲に成功しました〉
『フヒッ、フヒヒッ……貴方の、ダンジョンとして……頑張る、ね？』

「……お前、さっき自分が発してた嬌声と違いあり過ぎだろ」

織部との通信を一度切った後。

メッセージが送られてくるまでの時間を利用して、俺は台座の間まで来ていた。

そして今回はＤＰに結構余裕があることもあって、ダンジョン捕獲２回目に挑戦したわけだが……。

「ダンジョンってそういう前後の自己同一性を気にしない性質なの？」

『フ、フフフ……も、もう、あなた以外、見えない、よ？』

対応に苦しむ無機物の色っぽい悲鳴を耳にした後にこうだ。

全く会話ができている気がしない。

ダンジョン何なのマジで……。

『……こ、これ、私が、できること、だから、他の子に、目を奪われ、ないでね？』

〝①【魔力強化Ｌｖ．１】：５００ＤＰ〟

〝②【魔力狂化Ｌｖ．１】：３００ＤＰ〟

〝③【身体能力強化Ｌｖ．１】：５５０ＤＰ〟

〝④中級ジョブ《狂戦士》：７０００ＤＰ〟

「…………」

俺は、このダンジョンのＤＰと交換可能なリストを見せられ、更に冷や汗をかく。

……何でこんなヤンデレ仕様なの。

本人も言動がいちいちヤンデレっぽいし。

ってかダンジョンのヤンデレってなんだよ……。

「えーっと……《狂戦士》ってのは、具体的には、どんなジョブなんだ？」

そう問いかけると、ダンジョンの雰囲気が一気にパァっと明るくなったように感じた。

……何、メンヘラ要素もあるの、このダンジョン？

『えっとね？　防御力を低くすればするほど、魔法とか、攻撃とか、の威力・効果がアップするの‼』

〝防御力〟ってのは、要するにステータスで言えば〝タフ〟の部分かね？

「へ～。なんかそれ以外に副作用とかってある？」

『副作用？　ない、よ？』

ふーん。

それなら、使い方によっては良い働きしてくれるかもしれないな。

リヴィルの件にしても、この先どう転ぶことになるかわからんし。

俺がタンクだけでなく、普通にアタッカーとしても活躍できたら、ラティアの心労も幾らか減るだろう。

「それじゃあ、②以外を頼む」

それに、ジョブを取得すること自体も試しておきたい。

《ダンジョンマスター》や《ダンジョン鑑定士》は、称号に含まれているという処理だからな。

『う、うん!!　――フ、フへへ……これで、私、は……他のメスより、貴方の役に、立てるね』

〝メス〟って……いやだから怖(こえ)えよ。

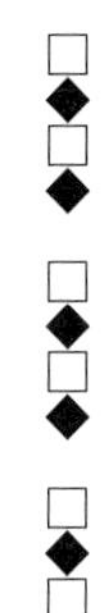

『――以下、こちらの異世界事情も含めて、少女〝リヴィル〟について記します』

その件名から始まり。

スキル交換後に送られてきた織部のメッセージは、長文に及んだ。

ＤＰにしてなんと56ポイント。

リヴィル購入と、先ほどの交換だけで既(すで)に残り６９３２９ポイントになっていた。

その中で56ポイントと聞くと少ないとも思えるが。

いつもの織部の定期メッセージは多くとも5ポイント。

なので、軽くその10倍以上かかっているのだ。

どれだけ複雑な事情なのかがそれだけで窺(うかが)える。

「……さて、じゃあ読んでいきますか」

台座の間の入口付近で、腰を下ろし。

俺は少し気合いを入れて、織部がしたためてくれたメッセージに、目を通し始めた。

魔錬国ゲルロ。

それが、リヴィルの生まれた国。

……そして、この情報源であるサラの出身国でもある、と書いてあった。

魔術と錬金術が盛んで、互いに切磋琢磨する形で国の発展に寄与してきた。

ダンジョン攻略は生活と密接に関わっており。

この国のダンジョン攻略においても、互いに足りないところを補い合う。

「ダンジョン……奥が深いねぇ……」

先ほど自分もそれを感じたばかりなので、結構、親近感が湧く。

話は高難易度ダンジョンの攻略に関することに移る。

高難易度のダンジョンには、決まってそれを守護する強いモンスターたちが待ち構えている。

特に恐れられているのが、ファンタジーでお馴染みのドラゴンだ。

その体は硬い鱗に覆われ、ダメージを与えることすら一苦労する強敵中の強敵。

ダンジョンは難易度が高ければ高いほど、攻略した際のリターンも凄い。

ゲルロも、他の国と同じくドラゴンに頭を悩ませた。

そして……。

魔術では他国も行っている〝勇者召喚〟というアプローチを。

錬金術では〝導士〟というジョブを付与する道を、それぞれ模索した。

前者はなかなか上手くいかなかったが、後者において、希望の光が見えた。

導士については注釈がつけられている。

『〝導士〟……1000年に一人、生まれるかどうかという極めて珍しいジョブ。人々を導く力を持つ――と言われていますが。要するにですね、シンプルに物凄く強いんです』

「へ～……まあ確かに。強そうな響きはするな」

『〝導力〟と言われる特殊な生命エネルギーを体に宿せます。その〝導力〟を纏った攻撃はあらゆる守りを貫くそうですよ？』

「何それ……超便利な能力。羨ましい」

織部のメッセージに相槌を打つように呟きつつ、読み進めていく。

織部のような〝勇者〟は、特別なスキル・能力を持つ。

一方の導士は極めてシンプルに、導力を駆使してその体一つで、道を切り開いていく。

この二つは対比される程に特殊で、優れたポテンシャルを持っている。

そして……。

――ある錬金術師が、〝導士〟のジョブを備えたホムンクルスの生成に、成功。

人工的に〝導士〟ジョブを備えた者を生み出す道筋を開く。

「……それが、〝リヴィル〟ってわけか」

その後、くだんの錬金術師は国から褒章(ほうしょう)を与えられ、更なる研究開発に邁進(まいしん)する。

〝導士〟は言わば英雄の別名。

そうした視点から、ホムンクルス生成に際して使われたのは、過去の英雄・偉人たちの遺品の欠片(かけら)。

たとえごく一部の欠片と言えど、それを集めるのには金がかかった。

でも、これで国の更なる後押しが確約されたのだ。

高難易度ダンジョン攻略にも道筋が立つぞという、そんな時だった。

——当該成功例ホムンクルスが、生成者を殺害したのは。

「…………〝マスター殺し〟ねえ……」

というか、よくこんな詳細(しょうさい)な情報を持っていたものだ。

「そこは、サラに感謝しないと、か……」

その後、錬金術アプローチは完全に凍結。

殺された錬金術師は、名の知れた実力者だった。

やっかみもその分受けていたが、それでもしぶとく生き残っていたのだ。

それだけ自己を守る術(すべ)にも長(た)けていた。

——にもかかわらず、自らが生み出したホムンクルスに、殺されてしまったのだ。

「………皮肉だなぁ」

ここまで読んで、何となく全体像は摑めてきた。

ただ——

「これだけだと、普通にマスター殺しちゃったってだけだ」

サラや、おそらくその協力を仰がれた織部が助けようとすることと、ちょっと繫がらない。

「とすると……」

……やっぱり、何か事情があった、のかもな。

□◆□◆ Another View ◆□◆□

「——さっ、食べましょう!!」

目の前に、大量の食事が並べられる。

「………」

一度強く断ったはずなのに——

リヴィルは、目の前で笑顔を浮かべるラティアに、不思議な感覚を覚えていた。

先ほどから甲斐甲斐しく自分を世話しようとするこの少女に、変な接しやすさみたいなものを感じるのだ。

「遠慮しないでください！　ご主人様は隣町までひとっ走りしてくるとおっしゃってましたから。食事は先に頂いていいようです」

手を付けないのを、ラティアが勘違いしてそう告げてくる。

――多分、それ、嘘だと思うけど。

そう思っても、リヴィルがそれを口にすることはない。

でも、この目の前の少女の話を聞いても、不思議と嫌な気分にはならなかった。

リヴィルが生まれて、まだ2年。

それでも、リヴィルは自分の人を見る目には自信があった。

何となく、見れば、わかる。

――この少女は、人を惹きつける才能がある。

ラティア本人がサキュバスだと自己紹介したが、種族特有の性質というわけではなく。

スッと相手の心に入り込んでくる、そしてそれを不快に思わせない魅力があるのだ。

「ご主人様以外の人の感想を聞けるのは新鮮です！　是非、率直な意見をお願いします‼」

自分はこの少女の、もっと言うと自分のマスターにもなった人物に心ない言葉を浴びせた。

にもかかわらず、こうして明るく、棘なく、自分に接してくる。

「――さあ‼」

笑顔で、期待に満ちた目で見つめられ、リヴィルは謎のプレッシャーを感じる。

「………」

本当は、そんなつもりはなかったのに。

目の前に出された、蒸し鶏が載ったご飯を、銀の食器で掬い、口へと運んだ。

「……うん、いいんじゃや、ないかな？」

咀嚼後、率直に、思ったことだけを口にした。

するとラティアは大袈裟なくらいに大きな息を吐き。

「良かったですぅぅぅ……」

その動作一つ一つが可愛らしい。

自分にはないものだ。

リヴィルは、自分には殆ど表情がないことを自覚している。

……それで困ることもない。

「あれでリヴィルは足りるのですか？　小食ですね……」
食後。

あの一口以外手を付けなかったが、それでラティアが怒ることもなく。
自然な流れで保存に適した処理をして、残り物を片付けていた。
「……ゴメン」
申し訳なさを覚え、リヴィルはそう口にした。
「いいえ、良いんですよ？　私が無理に誘いましたから」
嫌みでも何でもなく、ラティアが本当にそう思っていることが感じ取れた。
リヴィルは深く深く理解する。
――この子は、本当に自分のことを、心から思ってくれている。
そして、その少女がこれほど笑顔で、自分らしく振る舞えている事実が。
嫌でももう一つのことを認識させる。
――あの人も、凄く良い人、なんだろうな。
目の前の少女が、心の底から信頼していることが伝わってくる。
それを思うと、あんな態度をとったことを申し訳なく思う。
……でも、だからこそ。
リヴィルはこうも思う。
自分がとった行動は正解なのだと。
――これ以上、こんな良い人たちに、迷惑をかけたくない。

「――リヴィル、大丈夫ですか？」
「ッ⁉」
ラティアが心配して、リヴィルの顔を覗き込んでいた。
思考に集中していたらしい。
それで驚いた拍子に、異変が生じる。
ラティアの顔に、別の顔が重なった。
それは今まで無数に見送った、自分の同胞たちの別れ際のもので――
『――ゴメンね……貴女に辛い役目を背負わせて』
『……何で、私は、生まれたの？』
『ねえ……死にたく、ないよ……』
『こんな思いするなら……生まれなければ良かった』
『――リヴィル……貴女はいいね、選ばれたんだから』
全てが脳内で、繰り返し繰り返し、流される。
自分以外のホムンクルスたちが、怨嗟の声となって、自分を縛りつける。
また、別の1ページが、リヴィルの脳内で再生された。
『――よし！　よし‼　これで量産化の目途がついた‼　どんどん造るぞ‼』
興奮した様子で自分に話しかけてきた男。

その男の足元には、物言わぬ屍となった、同胞たちがいた。

〝導士〟を宿していないとわかった後、単純労働すら任せられないと判断された者たちの末路。

そして男は、同胞たちに気づきもせず、踏みつけすらしていた。

——何かが違う。何かがおかしい。何かを、為さなければならない。

生まれてまだ間もないながらも、心が、体が、自分全てが叫んでいた。

何かを為せ——と。

そうして気づいたら——

『……バカ、な』

——殺していた。

「——リヴィル‼　リヴィル‼　リヴィル‼」

ラティアの呼ぶ声も、リヴィルには届かない。

今自分がいるのが現実か幻なのかもわからない。

『お前など……造らなければ、よかった……だが、唯では死なんぞ⁉』

『折角買ってやったのに……こんなことになるなら、お前みたいな奴隷など、助けようとしなければよかった‼』

『〝導士〟として生まれたくせに、それを使えない？　——では私は何のために、貴様を買ったんだ‼』

「――あぁぁぁぁぁぁぁ‼」

そんなリヴィルの叫び声と共に。

黒い靄が、リヴィルから噴き出す。

それは地獄からやってきた瘴気だと言われても頷ける程にドス黒かった。

最初こそ不規則に漂っているだけだったが、やがて形を得ていく。

「これ、は……人？」

警戒しながらも状況の急激な変化にラティアは驚く。

ラティアの言う通り、靄は人の姿となって、リヴィルの背後に控えるように漂った。

もう少しで、完全な姿を得る――

「はぁ……はぁ……」

……と、思うと。

リヴィルが荒いながらも呼吸を整えていく。

そしてリヴィルの顔色が戻っていくに従い、靄もまた不規則に霧散していく。

最後には、リヴィルの体へと吸い込まれるようにして、完全に消えてしまった。

「……ッ‼　リヴィルッ‼」

「――来ないで‼」

駆け寄ろうとしたラティアを、リヴィルが大きな声で、制止した。

未だ乱れている呼吸を、何とか整え。

「…………ゴメン、でも見たでしょう?　だから、あの人にも、言っといて」

リヴィルは、ラティアの顔を見ないまま。

「――これ以上、私に関わろうとしないで。何なら、また売ってくれていいから」

そう言って、自分にあてがわれた部屋へと戻っていった。

第16話

「――大まかな事情は把握したよ」

再びDD――ダンジョンディスプレイで通信を繋いだ。

すると、そこに織部はおらず。

『そうですか――〝ニイミ〟様』

エルフの少女、〝サラ〟がそれに答えた。

事前に織部から、サラが対応すると連絡は受けていた。

だが、実際に織部以外の相手が出るとなると、少し不思議な感覚だ。

『必要なことは、カンナ様よりお話しいただいています。ここからは、私が説明を』

織部は今、急ぎの用があって席を外している。

解放した元奴隷たちに、リヴィルを買った人物を捜すよう協力してもらっていたのだが、その必要がなくなったため、それを伝えにあちこち駆け回っているのだ。

「じゃあ、頼む」

コクリと頷いて、サラは語りだした。

『――リヴィルちゃんには、難儀な呪いが、かかっています』

最初、呪いというのが何かの例え・比喩だと思った。

しかし、一切表情を崩さない彼女を見て、それが単なる事実を述べたものだということがわかった。

「呪い……ねぇ」

一瞬、それなら何とかなるかもしれないと思った。

丁度【解呪】のLv.10があるからだ。

だが、サラがわざわざ〝難儀な〟と表現したのだ、一筋縄ではいかないのだろうと思い直す。

『リヴィルちゃんがマスターを手にかけた時、そのマスターがリヴィルちゃんに憑りついたんです』

「〝憑りついた〟……」

幽霊が人に憑りついている、みたいなイメージでいいのだろうか。

『それも錬金術の一種で、依り代のエネルギーを元に、自分の生を保ちます』

……どうやら違うらしい。

「それ……もしかして、最終的に宿主乗っ取っちゃったりする？」

俺の問いかけに一瞬、サラは驚いて訝しむような表情になった。

「いや、錬金術師のイメージって、そんな感じじゃないか？」

単に殺した相手を――リヴィルを苦しめるためってよりは。

何が何でも生き延びて真理を探究してやる――そんなイメージだったから。

そう趣旨を説明すると、サラは納得したようで、頷いてくれる。

そして、スッと目を細め、過去を振り返るようにして――

『――あれは、地獄です。術師が死んでなお、地獄がありました』

サラは言う。

『魔術側が検証するために訪れたそこは、死体の山でした』

そこは別に死体を分けて置いておく専用の場所、というわけではなかった。

『〝研究施設〟のその場に、恰もゴミのように、ホムンクルスたちが積み上げられていたんです』

訪れた魔術師たちが見たという光景は、それだけにとどまらない。

『たとえ生きていても、彼女たちは獄鎖に繋がれ、まともな食事も、与えられず――』

瘦せ細り、知識もロクに与えられず、抵抗する術全てが奪われていた。

そんなこの世の地獄みたいな光景が。

リヴィルが行動を起こすまで、ずっとなんの疑問も持たれずに放置されていたのだ。

サラはその後、言い知れぬ絶望を感じ、教会で神官になったと語った。

その後色々あって、今に至るという。

『――今もリヴィルちゃんは一人で、その再来を防いでいるんです』

「〝防ぐ〟ってのは……」

言葉の意味を質す。

『〝導力〟です』

サラは端的に、そう述べた。

『転生に必要な肉体を得ようとする術者の侵攻を、導力によってかろうじて防いでいる――そうお考え下さい』

その説明で、何となくイメージする。

術者の真っ黒な霧みたいなオーラが人の体に、薄い衣のように纏いつき、どんどん体を蝕んでいく。

普通の人間はそれがあるレベルに達すると肉体の主導権が完全に奪われる。

しかしリヴィルはそのオーラと自分の体の境目に、導力の鎧を纏って対抗し、防いでいる

……ということかな？

俺がそんなイメージで大丈夫かと聞くと、サラは頷いてくれる。

『大体そんな感じで合っています』

その後、幾つか付随的なことを語り、サラは説明を終えた。

『――ニイミ様、リヴィルちゃんを、どうかよろしくお願いします』

まあ、俺がやらないといけないんだろうな、とは思ったが。

ここまで詳細に説明してもらったんだ。

それにリヴィル自身がコチラの世界にいる。

俺が何とかしないと、いけないんだろうな……。

「ん……まあやれるだけのことはするよ」

それが、〝彼女の人生を買った〟という主人の役目みたいなものだと感じた。

俺の返答に満足したのか、サラはようやく笑顔を見せる。

『ありがとうございます。やはり、カンナ様が心から信頼される方だなということがよくわかりました』

「……いや、そうか？」

お互いに相手のことを気にはかけているだろうが。

なんだかサラのニュアンスとは違う気がする。

『そうですよ――上手(うま)くいきませんでしたが、私は今回カンナ様に、リヴィルちゃんを助けてもらおうとしました』

確かそれに挑戦してみる、ということが、二人の〝取引〟の、織部の対価だったはず。

逆にサラは――

『私はカンナ様に〝解毒(げどく)〟に関する、持ちうる知識を全部差し出すこと――それが、私たちの取引でした』

アイツ……。

『確かカンナ様は……〝ニイミ様〟のお名前を口にされて、私の〝解毒〟に関する知識・知恵を特に欲しているようでしたよ？』

まだあの〝薬草食い過ぎちゃった事件〟を引きずってるのか。

あれは俺がアホだったからということで片付けたはずなのに。

「……まっ、リヴィルの件は、何とかやってみるよ。織部にはよろしく伝えといてくれ」

俺がそう締め括(くく)ると、サラは小さく笑った後、恭(うやうや)しく頭を下げた。

『フフッ……はい。では、よろしくお願いします』

通信を切った後、しばしその場でじっとして気合いを入れ直す。

そして――

「――うっし、じゃあ行きますか！」

「――あっ、ご主人様！」

勢い込んで家へと戻ると、ラティアが玄関で待ち構えていた。

「おおう、ラティアどうした？」

「あの、その、申し訳ございません……リヴィルと――」

「――そっか……やっぱり」

俺がいない間も、ラティアなりにリヴィルと仲良くなろうと頑張ってくれていたらしい。

ただ、そこで不運なことに、ラティアは目にしたのだ。

リヴィルに死後まだ憑りつく、生みの親の影を。

「あれは、一体……」

「うーんと……まあ要するに〝お邪魔虫〟だな。あれがある限り、リヴィルの態度は今後もあるだろう」

簡単に、リヴィルの事情を説明する。

ラティアはそれを聞き、言葉をなくしたように黙ってしまった。

「…………」

「えっと、ラティア的にはどう思う？」

しばらく、ラティアは難しそうな顔をして考え込んでいた。

俺もそこは急かさず、ラティアが考えを纏めるまで待つ。

「……えっと、リヴィル本人は、助けてほしいと、思っているんでしょうか？」

……そうか。

確かに、何とかするとサラたちには言ったが、リヴィル本人の言葉を、俺はまだ殆ど聞いていない。それにいくら憑りついている外道みたいな奴とはいえ、リヴィルからすると一応生みの親だともいえる、か。

逆に俺が考え込むような仕草をすると、ラティアは少し勘違いしたように慌てて付け足した。

「も、勿論‼　私はリヴィルと仲良くしたいです‼　一緒にご主人様にお仕えして、お支えしたいと思っています‼」

「大丈夫、そこは別に疑ったりとかはないから」

「……とても仲良くなれると、思うんです。本当に短い時間ですが、彼女が細かく気遣ってくれていたことが、わかるんです。ですが――」

ラティアは迷っているのだろう。

本当に手を差し伸べていいのか。

また、助けようとしたところで、実際にリヴィルが抱えている問題を解決できるのか。

頭の中でいろんな考えが沸々と湧いてきて、ごちゃごちゃしていたんだろう。

なら――

「――じゃあ、聞いてみようか」

気軽な感じで、そう答えた。

「それで本当に、マジに、助けてほしくない、関わってくんなってことなら……その意思をできるだけ尊重しよう」

「ご主人様……」

「逆に、ちょっとでも本音みたいなのがあって、それが漏れたら——全力で助ける、後はそれからだ。……どう?」

しばらく、その意味を嚙み締めるようにして、ラティアは俺を見つめていた。

そして——

「——はい‼　そうしましょう‼　助けましょう‼　全力で‼」

ラティアはそう言って力強く何度も頷いた。

いや、それもう助けること決まっちゃってるじゃん。

まだ俺のことがキモくて助けてほしくない説存命中なんだけど。

〝アンタのこと殺しちゃうかも〟がそのまま生みの親に対してと同様で。

嫌いな奴に手を掛けたいって本音吐露しちゃってる可能性もあるんだけど。

「絶対良い子なんです……一緒にご主人様にお仕えするんです……」

だが、まあ……。

短時間ながらも俺より接した時間が長いラティアの方が、リヴィルについてわかっていることもある、か。やる気をメラメラ燃やすラティアを横目に、俺は準備を進めるのだった。

第17話

「——で、こんなところまで連れて来て、どうしたいの？」

「ご主人様……このダンジョンは？」

ついてきたリヴィルとラティアは、それぞれの反応を示す。

『長引かせるのもお互い面倒だろう——今後のことについて、今日全部、話し合おう』

真剣にそう言ったら、リヴィルは渋々ながらもついてきてくれた。

もっとも終始無言で、ラティアと顔を合わせた際は気まずそうにしていたが。

「安心してくれ。ここは既に俺が一人で攻略したことがあるダンジョンだ」

「そうなのですか……」

勿論、嘘ではない。

ただ一つ、言っていないことはあるが。

今感心したように辺りを見回しているラティアは、自分が地球に来る前に、俺が攻略したダンジョンだと思っている。

が、ここはつい先ほど攻略したダンジョンだ。

つまり《狂戦士(バーサーカー)》を交換したダンジョンなのである。

では、なんでここへと二人を誘ったかというと――

「…………」

リヴィルは今の言葉には反応せず、ただただ俺を睨(にら)みつけている。

――この警戒(けいかい)感Ｍａｘのリヴィルに、心情的に少しでも味方してくれる相手を作りたかったからだ。

「ま、まあまあ!! リヴィルと話がしたいんです、ね？」

それは勿論、ラティアのことだ。

俺はどうしても、これからリヴィルと向き合わねばならない。

その際、リヴィルが完全に四面楚歌(しめんそか)の状態というのは避けたかったのだ。

ラティアもリヴィルも知らない場所へと、俺が、連れて来た。

そしてそこは攻略済みのダンジョン。

誰憚(はばか)ることなく話せるし、少しでもいい、リヴィルがラティアに気を許せる状況になればと思ったのだ。

「……ああ、お前も、何度も何度もしつこくされるのは嫌だろう」

「…………」

ラティアの言葉に応えるようにして、リヴィルに語りかける。

「――今日、この場で、話をつけよう」

「――リヴィル、お前の過去、聞いたよ」

「ッ!?　――……だ、れから、聞いたの？」

俺の言葉に、リヴィルは今までで一番大きな反応を示した。

だが、その表情はまたすぐ元に戻ってしまう。

「……ううん、別に誰からだっていい――それで、聞いたから何？　それがどうしたの？」

自分に言い聞かせるように、二度三度と首を横に振る。

そしてスッと目を細め、俺を鋭く睨みつけた。

「どう、後悔した？　私を買ったこと。うん、いいよ、売ってくれて」

殆ど変化のない表情が。

何故かそれを告げる時だけは大きく変化した。

相手の同情を誘う意図など全くなくて。

純粋に自嘲的で、悲しげで、そして寂しそうで。

ラティアが大きく息を呑むのがわかった。

リヴィルを見て、何とかしたい、手を差し伸べてあげたい――ラティアのそんな想いがひしひしと伝わってくる。

……うん。

「――どうしたい」

「……え？」

俺のシンプルな問いかけに、一瞬、リヴィルの言葉が詰まった。

「お前は――リヴィルは、どうしたいんだ？」

「どう……したいって……」

俺の意図が読めないからか、リヴィルは答えあぐねている。

「悪いな……俺はコミュ力ないし、単なる非モテのボッチだ。言葉にしてくれないとわからない」

そこでチラッとラティアに視線を送る。

ラティアは俺の意図を感じ取るまでもなく、リヴィルに自分の想いを伝えた。

「私は‼　リヴィルとこの先も一緒にいたいです！　一緒にご主人様にお仕えして！　一緒に過ごして！　それで、それで――」

熱い想いそのままに、リヴィルに伝わればと思い。

俺はラティアの言葉を引き継ぐように告げる。

「お前が望むなら、俺たちはリヴィルを助けるために全力を尽くす用意がある」

「…………」

リヴィルは、動かない。

俺たちの言葉はちゃんと聞こえたはず。

ダメ……――いや。

「――何で……」

小さく、本当に小さく口から零れたその言葉は、しかし。

俺たちの耳に、ちゃんと届いた。

「――何で‼　何でっ‼」

今度はもう、注意深く聞く必要もない。

ちゃんと、その叫びは聞こえた。

「あの勇者もそう‼　アンタも‼　ラティアも‼」

リヴィルの今の様子は、あの凜とした、別世界のような美しさからはかけ離れていた。

とても人間らしく、苦しみを、辛さを、全てを吐き出しているようで。

「もう！　目の前に希望をちらつかせないで‼　何度傷つけばいいの⁉　何度失えばいいの⁉」

「リヴィル……」

心からの叫び。

俺たちが聴こうと思ったそれを、ラティアはとても辛そうに、今すぐ抱きしめてあげたいというような顔で、聴いていた。

「生まれたばかりで、何も持ってないはずなのに！　この両手は、何もない空（から）っぽのはずなのに‼」

苦しそうに、締めつけられる痛みを隠そうとするように、リヴィルは両手で、胸を押さえつける。

そして――

「どうしてこんなに苦しいの⁉　どうしてこんなに胸が痛むの⁉――どう、すればいいの……」

「…………」

俺も、ラティアと同様に。

今すぐにでも駆けつけてやりたかった。

大丈夫だ、何とかしてやる――そう言ってやりたかった。

でも、まだだ。

まだ、辛抱（しんぼう）強く待つんだ。

「──私は！　ご主人様にお会いして‼　灰色だった世界が、虹色に変わりました‼　リヴィルと、これから一緒に、そんな時間を過ごしたいんです‼」

ラティアが叫ぶ。

リヴィルに届くと信じて。

「──〝導士〟でも、何でもできるわけじゃ、ない。自分自身を、導くなんて、できないよ……」

──リヴィルの体に、異変が生じ始めた。

まだだ……。

何とか、歯を食いしばって待つ。

「──俺はッ！　お前の過去を聞いても！　それでもお前と一緒にいたい！　リヴィル‼　ラティアと一緒に、俺を支えてくれッ‼」

反応はない。

でも、聞こえていると、届いていると信じて、俺も叫んだ。

そして──

「──誰か……私を、助けて。導いてよ」

──真っ黒な靄が、リヴィルの体から噴出した。

それは一瞬にしてリヴィルの背後で人の姿を形成する。

「――ラティアッ‼」

「はい‼　――ッ‼」

俺とラティアはそれを確認し、戦いに突入した。

〔Ⅰステータス〕
名前：新海陽翔（にいみはると）
種族：人間
性別：男性
年齢：17歳
ジョブ：《狂戦士（バーサーカー）》
称号：〔ダンジョンを知り行く者〕↓ジョブ：《ダンジョンマスター》＋《ダンジョン鑑定士》＋（ダンジョン内のみ）全能力＋20％
〔Ⅱ能力〕
Lv.13
体力：１２８／１２８

力：41
魔力：77
タフ：101
敏捷：39
［Ⅲスキル］
【敵意喚起】【回復Ｌｖ．１】【回復魔法Ｌｖ．１】【解毒Ｌｖ．１】【解呪Ｌｖ．10】【魔力強化Ｌｖ．１】【身体能力強化Ｌｖ．１】
［Ⅳ装備］
目：極アサシンの灰グラス
「よし――１分間が勝負だ‼」
返事は期待しない。
今より、俺は二人の視界から消える。
そして、灰色になった視界を頼りに、俺はリヴィルを見た。
［Ⅰステータス］
名前：リヴィル・ロスト
種族：人造人間
性別：女性

年齢：2歳
ジョブ：《導士(どうし)》
※状態異常：〝呪(のろ)い　状態Lv.8〟
自己所有権：非所有↓所有者：新海陽翔
［Ⅱ能力］
Lv.22
体力：225／225
力：126
魔力：34
タフ：155
敏捷：150
［Ⅲスキル］
【導術Lv.4】【身体能力強化Lv.4】【回復Lv.3】【心眼】【覇王(はおう)の威光(いこう)】【水魔法Lv.2】
【風魔法Lv.1】
［Ⅳ装備］
無し
「《闇(やみ)よ、刃(やいば)となりて――》ッ‼　――リヴィル‼　私はリヴィルと一緒にいたいです‼」

ラティアはリヴィルの〝呪い〟の注意を引くために、詠唱と詠唱破棄を繰り返してくれていた。

そして走りながらリヴィルへと声をかけ続けている。

対するリヴィルは――

「ううう……ううう――」

黒い靄は完全に人の姿を得た。

細身ながらも、決して油断ならない圧倒的な雰囲気を纏っている。

これが外界に顕現して、ようやくステータス上に反映された。

つまり、『※状態異常：〝呪い　状態Lv．8〟』である。

そして、【解呪】にもレベルがあるように、状態異常の側にもその重症度に応じたレベルがあった。

この高さが、サラが〝難儀な呪い〟と評した理由なのだ。

『新海君、気をつけてください。私の老魔術師の白手袋で触れるだけでは何の反応もありませんでした』

今、織部から来たメッセージの内容を思い出す。

リヴィルの感情に波があり、〝導力〟を制御できないでいる。

それで均衡が崩れて、〝呪い〟が外に出てきた。

こうしないと、解除しようとすることすらできない。

「良しッ‼　――《身を包む呪いよ、その縛を解き放て――》」

俺の【敵意喚起】と、ラティアの撹乱で、〝呪い〟をその場に釘付けにする。

黒い靄でできた人の姿は、誰かを、何かを警戒していた。

でも、誰に、何に対して警戒をすればいいのか、混乱しているのだ。

――これが、〝灰グラス〟着用＋【敵意喚起】による〝ターゲットロックオン不能〟、それにラティアの撹乱を合わせた戦術だった。

1分間のみの、ボーナスタイム。

「――【解呪】‼」

その隙を狙って、【解呪】の詠唱を完成させ、あの黒い靄の塊を目がけて放った。

手から、目が眩むほどの輝きが巨大なレーザー光線のように、真っ直ぐ突き進む。

それは黒い靄の集合体へとぶつかり、火花を散らした。

だが――

「チッ‼　死に損ないが‼」

思わず悪態をつく。

靄はまるで空中にこびりついたヘドロのようだった。

それが、光線という水圧洗浄機で洗い流されようとしている。

──でも、黒い靄の全てを消し飛ばすことはできない。

「リヴィル‼　──《闇よ、その腕をもって、眠りへと誘え──》」

ラティアはリヴィルに呼びかけるべきなのか、それとも詠唱をするべきなのかを敏感に見極め、見えていない俺をサポートしてくれた。

「威力が足りない‼　──時間は⁉」

腕時計のタイマーを見る。

クソッ‼　もう一回詠唱して、放って、それで様子を見るのは難しい‼

攻撃力というか、浄化力が足りない‼

『──〝呪い〟は、転生のためにエネルギーを吸収します』

サラがこの間告げた幾つかの注意のうちの一つを思い出す。

他はともかく、これだけは乗り越えなければならない壁だった。

『最悪、己に攻撃を放っている主すらエネルギー源として襲ってきます。──それで、今までの奴隷の主人が、何人も……』

だからこそ、リヴィルは誰かに助けを求めることも、嫌がったのだろう。

俺の放った【解呪】すらも、触れる瞬間に食っているのだ。

押してはいる、あともう少しなのだ。

もっと、その隙すら生ませない力を、浄化力を‼

「うぉぉぉ‼」

俺は腹の底から気合いを入れる。

それと同時に——

「《狂戦士（バーサーカー）》舐（な）めんなッ‼」

——空（あ）いている手で、腰に差した『ダガー』を握った。

そして、自分の服を、切った。

〝「えーっと……《狂戦士（バーサーカー）》ってのは、具体的には、どんなジョブなんだ？」〟

〝『えっとね？　防御力（ぼうぎょりょく）を低くすればするほど、魔法とか、攻撃とか、の威力・効果がアップするの‼』〟

ダンジョンとの会話を思い出す。

俺の防御力には、たとえ小さいものだろうと、つまり俺の衣服も寄与（きよ）しているはず。

今、本当に押している状況なのだ。

あとほんの少し——その後押しを、気合いという根性論以外で上乗せするために、俺はシャツを切り裂く。

切れ味鋭く、薄手のシャツを首から腹の部分までスパッと引き裂いた。

「グッ‼　あと……少し‼」

服の切断と同時に、光の勢いが少し、強まった、気がする。

やはり、あとちょっとで――

「おっらぁあ‼　もってけぇ‼」

――下に穿いているスポーツ用のショートパンツにも、刃を入れる。

グンッ――

「ッ‼　いけぇぇぇぇぇ‼」

一度反動で戻ったように見えた光線が、勢いを盛り返して、靄へと突っ込んでいった。

そして――

「うらぁぁぁぁぁぁあ‼」

リヴィルを苛む全ての闇を、暗い過去を追い払うかのように。

「過去の亡霊は、消え去れぇぇぇぇぇぇ‼」

【解呪】が生み出した光線が、全ての黒い靄を、打ち払っていった。

最後、光がリヴィルにぶつかり、彼女のこれからを祈るようにして一際強く輝いて、消えていった。

「――はぁはぁ……」

リヴィルを覆う黒い靄を、〝呪い〟を。

全て消し去った後。

流石に息が上がり、脱力するくらいには疲れていた。

【解呪】一発でこれだけ疲れるってなんだ……。

「……あっ」

丁度、1分が経ったのか。

視界の灰色がスーッと薄れていく。

そして、完全にただの伊達メガネと化した。

「──リヴィル‼　大丈夫ですか⁉　怪我、してませんか⁉」

ラティアがリヴィルのもとへと駆けていくのが見えた。

まだ俺の姿が見えるようになったことに気づいてはいないらしい。

「………リヴィル」

俺も、近づいて行き、その名を呼んだ。

嵐が過ぎ去るのを待つようにして蹲っていたリヴィルは──

「あれ……私……？」

頭を上げて辺りを見回す。

そして、ゆっくりと立ち上がった。

「えっと……これって……あっ！　──ッ‼」

俺の姿を認め、急に飛び込んできた。

「うぉいっと⁉」

ちょっと、いきなり元気になって、抱きついてこないで!!

何とか受け止めたけど、こっちは疲れてんだからね!?

「っ!!　――助けて……くれたんだ、二人で」

リヴィルは俺のお腹（なか）に頭を埋めたまま、顔を上げずにそう呟（つぶや）く。

「……まあ、な」

「これ……防具もつけないで……一撃でも食らったら、危なかったんじゃないの？」

「……まあ、な」

「……アンタって――〝マスター〟って……意外とバカな人なんだね」

「えッ」

ヒドイっ!!

折角（せっかく）体張ったのにバカって言われた!!

コラッ、ラティアもそこで微笑（ほほえ）まないで!!

俺ってそんなにアホみたいな男と思われてるの!?

彼女らからすると、俺は万年、鼻水垂（た）らして〝ホゲェエ～！〟とか言いながら歩き回ってるアホに見えているのかもしれない。

「ま、まあ……でも……とにかく、リヴィル」

「ん」

俺の改まっての呼びかけに、リヴィルは顔を上げないながらも応じてくれた。

そのリヴィルに、俺はこう伝えた——

「——今まで生きててくれて、本当に良かった、ありがとな。これからよろしく」

「ッ‼　……バカ。——うっ……ひぐっ……」

「ちょえぇぇぇ⁉　な、なんで泣くの⁉　——ラッ、ラティア‼」

何とかしてくれという願いを込めてラティアの方へと顔を向けると——

「フフッ……良かったですね？」

めっちゃいい笑顔で見守ってるぅぅぅ‼

「いや、良くなくてだな！　な、泣いてて宥めないと——だ、大丈夫かリヴィル⁉　何か地雷踏んだ⁉　謝ろうか⁉」

「バカッ……うぐッ……うっ……バカッ」

「フフフッ……」

ラティアも全然介入してくれない‼

それにリヴィルからはバカバカ言われる‼

結構頑張って、ちょっとは見直してもらえたかなとか思ってたのに‼

やっぱりボッチは、どれだけカッコ良さげに頑張ろうとダメだったぞこの野郎‼

ちっくしょぉぉぉぉぉぉぉぉ‼

第18話

「——えっと……リヴィル、そろそろ一旦離れてみようか」

「……いやだけど」

「えっ——」

既に泣き止みはしたが、リヴィルは未だ俺の腰に手を回してしがみついていた。

もうええやろとやんわり離れるよう促してみたが、結果はこの通り。

「マスターは、この体勢……嫌？」

不安を覗かせ、上目遣いでそう尋ねられる。

今までは表情筋が殆ど休眠状態だったくせに、なぜこんなところで活発化するのか。

「えーっと……嫌、というわけじゃないんだが……」

「じゃあ……何？」

〝何〟と聞かれると……ちょっと回答に困る。

「その、ご主人様、私もできればもう少しゆっくりしたいのですが……」

「あ～……うん」

ラティアの言いたいことはわかる。

って言うか、それは多分、ラティアなりの援護射撃なのだろう。

あまり他者に甘え慣れていないリヴィルに、少しでも人の温もりみたいなものを与えてあげてほしい。

—うん、その気持ちはよくわかる。

俺もその気持ちは最大限汲んであげたい。

でもね——

「ラティア、言いにくいんだが……」

その前置きを聞いて、ラティアの表情が曇る。

俺が否定的な言葉を告げようとしている、そう感じ取ったからだろう。

だが、それは早とちりで、俺が言いたいことは違うんだ。

じゃあそれは何かって？

—では皆、想像してくれ。

俺は、あの〝呪い〟との戦闘の終盤、何をしてたでしょ～か！

①ダガーを腰から取り出した。

②それで一枚しか着ていないシャツを切り裂いた。

③更に流れるように下のスポーツパンツも切り刻んだ。
④そして効果の切れたサングラスを未だにかけている。
さて、正解は……。
――デデンッ‼
〝パンイチ〟の裸体男が怪しいグラサンかけてる‼
つまり①～④が変態――間違えた。
全部が正解でした‼
そして更にボーナスチャンス‼
もっと想像力を働かせてくれ‼
未だダガー片手にほぼ全裸の、変態男。
そいつにしがみついている女の子は、この世のものとは思えない程の絶世の美少女だ。
そして現場は人目がつかないようなダンジョンの中。
仮にお巡りさんがたまたまここに通りかかったとします。
さて、客観的に見て、俺は一体どうなるでしょ～か？
「……スマン、着替えの服、とってくれ」
「あっ――」
ラティアはようやく現状に気づいたというように、小さく驚きの声を上げた。

……うん。

——正解は、お巡りさんとの眠れない夜を過ごすことになる、でした‼

いや、あの戦闘ではしょうがなかったとはいえ、この格好(かっこう)では流石(さすが)にダンジョンの外出られないからね。

「す、すみませんでした‼　——リヴィル、一旦離れましょう‼」

慌(あわ)ててラティアがリヴィルを促し、渋々(しぶしぶ)リヴィルもそれに従ってくれた。

ってかリヴィル、自分がどれだけ女性として魅力的なのか、理解してないんだろうな……。

ラティアが察してくれたからよかったものの。

あのままの時間が続くようなら、俺のバーサーカーがバーサーカーして、ラティアのいる前で〝やっちゃえ、バーサ○カー‼〟になってるところだったぞ。

……うん、意味わからんな。

それくらいドキドキしてたってことだ。

□◆□◆　□◆□◆　□◆□◆

その後、小さなリュックサックに詰めて持ってきていた着替えを纏(まと)い——

「——へぇぇぇ。凄(すご)いね……」

「ですよね!?　私も初めて来た時にはビックリしました、〝スーパー〟!!」

ダンジョンを後にして、帰り道にあるスーパーに寄っていた。

リヴィルは自動ドアにも驚いていたが、店に入って目に飛び込んできた光景に、暫く言葉が出なかった。

大型ショッピングセンターとかではなく、地元に何店か出している地域密着のスーパー。

それでもリヴィルには初めての、新鮮な光景らしい。

若干声に高揚感みたいな、ワクワクしたものが含まれているのがわかる。

「初めてで驚くのはわかるが、はぐれるなよ?」

一応そう告げておくと、リヴィルはしばらく視線を巡らせただけで、すぐに俺たちについてきた。

「ん。大丈夫」

「…………あと、俺がやった帽子も、しっかり被っとけ。ラティアも」

「あっ、はい……」

俺はそう言って、リヴィルの頭を撫でるようにして、被っている帽子を前にずらす。

ラティアは自分で理解して、俺がリヴィルにやったのに倣うようにして帽子を目深に被り直した。

……偶にだが、チラチラとこっちを見ている客がいる。

夜だし、もうピークの時間は過ぎてるが、流石にこの二人は目立つからな。

「………えっと、これと、納豆(なっとう)、あとオクラも――」

カートを押しながら、店の中を進んでいく。

普段の食事は最近、ラティアが担(にな)ってくれている。

手慣れたもので、買い物かごの中へ手早く商品を入れていく。

一方俺とリヴィルは少し手持ち無沙汰(ぶさた)な感じだ。

「……んん」

そんな中、リヴィルが空(あ)いている手を頭にやっていた。

横目で見ていると、どうやら帽子にコソッと触っているらしい。

……何だ？

「どしたリヴィル、もしかして小さかったか？」

俺のを譲(ゆず)ったわけだから、サイズ的には大丈夫なはずなんだが……。

それか、俺がさっき勝手に触ってずらしたから、変な感じになってしまったのか？

何となく俺がガシガシと触れた部分中心に、リヴィルが触っていたように見えたが……。

「いや、何でもない。何でも」

素早く帽子をいじっていた手を下ろす。

そして本当に何でもないような顔をして前を向いた。

だが、注意深く見ていると、ほんの少し、ほんとに小さくだがその口角が上がっていて。

あまり感情を出さないなと思って見ていたのだが、ちょっと嬉しそうだった。

……何だそりゃ。

「……フフッ」

一連のやり取りを見守っていたラティアは、微笑ましそうに小さく笑っている。

今のリヴィルの行動の意味がわかったらしい。

……女子にしかわからない何かがあるんだろうな。

「――〝カキフライ〟が2点。〝ニンニク〟が1点。計3318円です」

「あ、はい……」

会計を済ませる。

1回の食料品の買い物で、3000円超えたか。

まあこれから、〝3人〟になるからな。

食費もそれだけ増えるか。

今後、本当に親父たちからの仕送り以外の収入源を考えないと。

……ダンジョン探索士、いいなぁ。

お金も国からちゃんと支給されて、福利厚生もバッチリなんでしょ？

でも一方で、受かっていたら、多分あの時、織部とも出会ってないわけで。

そうすると、ラティアやリヴィルも、今頃はやはり異世界にいたままだったんだろう。

……まあそれを思うと、落ちていて良かった、のかな？

「ふぃぃぃ……サッパリした――おーい、リヴィル、次入ってくれ」

「ん、わかった」

バスタオルで濡れた髪を拭きながら、リヴィルに風呂に入るよう促す。

入るといっても今日は溜めていないので、シャワーだけになる。

リヴィルは俺と入れ替わるようにして浴室へと向かっていった。

基本的なことはラティアが教えたと言っていたので、まあ大丈夫だろう。

「――あっ、ご主人様。もう少しお待ちください。リヴィルが上がる頃には大体出来上がるので」

ラティアからそう声がかかる。

キッチンに立ってガスコンロの火加減を見ていた。

風呂に入る順番も、リヴィルに来たばかりだから疲れているだろうと遠慮して、２番目を譲ったのだ。

シャワーだけなんだし、別に俺が最後でもいいのだが、ラティアが「今日くらいは……」と俺の疲れ具合を気遣ってくれた。

本当、ラティアには頭が上がらない。

俺は労う意味もあり、何か手伝えないかと台所に向かう。

「いや、急がなくても大丈夫。ゆっくり……――」

……そこで、俺の言葉が止まる。

「ご主人様、お疲れでしょう。座ってお寛ぎください」

「……えっと、ラティア」

「はい、何でしょう」

かろうじて止まっていた思考を動かすことに成功する。

そして、ラティアに尋ねた。

「その……着替えた、のか？」

「――あっ、はい‼　折角リヴィルとご主人様と、３人での初めての食事ですから‼」

本当に嬉しそうに笑って答えたラティアは、また調理の仕上げに戻る。

俺は、その後ろ姿を見て、言葉を失った。

――さっ、サキュバスの衣装に着替えてる⁉

しかも凶悪なことに、その上から白いエプロンつけとるこの子‼

ただでさえ肌面積が小さいサキュバスの衣装。

もう小さすぎてその手の水着か何かとさえ思えるものだ。

その黒いエナメル生地の上から、白いエプロン。

一瞬裸にエプロンを着ているのかとすら錯覚してしまった程で。

サキュバスの衣装にそれだから、なおさら卑猥さ・いかがわしさというか、淫靡さが際立ってしまっている。

「フンフ〜ン、フフンッ……」

楽しげに鼻歌交じりで、ラティアは盛り付けに取りかかる。

本人の言うように嬉しいからなのか、その体を小さく揺らしながらお皿によそっていた。

……その際、エプロンだけでなく、お尻もまた、可愛らしくフリフリと揺れていて。

逆三角の黒い肌着にムチッと収まったお尻は、強調するように少し突き出されていた。

「…………」

――この子、素で俺をムラムラさせにかかっとる⁉

ヤバい……リヴィルの件が解決して緊張が緩んだ今、何かの拍子で本当に爆発してしまいかねない。

きっ、気をつけねば……。

「――リヴィル、それ、寝間着にするの？」

「え？　うん……ダメ、だった？」

「いや、ダメじゃない、ダメじゃないけど……」

シャワーから上がってきたリヴィルは、顔を仄かに火照らせて、俺のシャツを着ていた。

「一応……ラティアから一時的にこれを着るようにって渡されたんだけど」

やっぱり。

「うん、それはいいんだけど……──それ〝だけ〟しか着ないの？」

──リヴィルは、元々俺用だったシャツ、つまり彼女にはかなり大きいシャツだけを纏っていた。

以前俺がラティアにあげた幾つかの内の一つだと思われる。

長い裾が彼女の下部分を隠す役割を担っているのだが、いつその中がチラッと目に入らないかと冷や冷やするのだ。

……これはこれでラティアの格好と同様、俺の目に毒だ。

「……うん」

何が問題なのかと言いたげなリヴィルの表情を見て、指摘することを控えた。

ってか多分俺の伝えたいことを理解してくれないと思う。

……これが女子と男子の違いか。

「──ではリヴィルも上がったことですし、ご飯にしましょうか」

頃合いを見計らって、ラティアが俺たちに呼びかける。

俺も無用な問答になるのは避けたかったので、渡りに船だった。

リヴィルがラティアに手招かれてその横に座る。

一方俺は、二人の正面に当たる場所に腰を下ろ――せずに立ち止まる。

「？　ご主人様？」

俺の静止に、疑問符を浮かべるラティア。

「えっと……ラティア、今日の晩飯って――」

俺の問いかけに、意図を理解したとばかりに明るい表情になって――

「――はい‼　ご主人様もリヴィルも疲労があるかと思いましたので、精力のつくものを、と‼」

ラティアはテーブルに並べられた料理の名を、一つ一つ上げていった。

「〝納豆とオクラの和え物〟、〝レバーを生姜と共に煮たもの〟。こちらはお惣菜コーナーにあった〝カキフライ〟ですね。それと……簡単ですが〝ガーリッククライス〟を」

そしてラティアは何かに気づいたように「あっ‼」と声を上げて冷蔵庫に向かう。

戻って来たラティアの手には――

「10本セットで498円だった〝マムシドリンク〟もあります‼『スッポンエキス入り』らしいですよ？」

「へ～。こっちの世界では、これが精力のつく食べ物なんだね」

「…………」

その笑顔を見ればわかる。

純粋に、俺たちの体を労(いたわ)ってのことなんだと。

でも……。

未だ疑似(ぎじ)裸エプロン姿のラティア。

さらに髪が鬱陶(うっとう)しかったのか、欲情をそそる、彼シャツならぬご主人様シャツのリヴィル。

この状況で、この料理を出す――

――この子、無自覚に俺をムラムラさせようとしとる!?

第19話

「──あむっ……んっ……れるっ……」

何かを舐める音が、室内に響く。

水気を含んだ甲高いもので、それ以外の音は聞こえてこない。

「──っぱ……ちゃぷっ……んっぱ」

もう一人の少女も、それを舐めることに集中している。

ただ、初めてだったのか、時ににぎこちなく息継ぎする様が見て取れた。

「──んっ……初めて、だから。ちょっと警戒してたけど、凄く、美味しいね」

リヴィルは微かに眉を上げ、その驚きを表す。

「んっ……です、ね……固くて、でもそれを舐めると舌に美味しい味が広がって──」

対するラティアも、それにうっとりとした視線を送り、一時その蠱惑的な口と舌を休ませる。

「でも……ちょっと油断してたら、白くてベトッとして……ちょっと髪についちゃった」

「う～ん……ネチャっとしてますが、それも舐めると美味しいですよ？」

リヴィルのサラッと流れるような長い髪に付着した白い液体を、ラティアは舐め取る。

……うん、女の子同士だし、大丈夫なはず。

だが、そこまでしなくても……。

「あの、ラティア、ティッシュか布巾あるから、それで拭けば……」

「いえ!! ご主人様からいただいたものですし、大切に頂きませんと」

そう言ってラティアは、そのプリッとした桜色の唇から、淫靡な生き物の如く這うようにして出てきた舌を動かした。

「うん、私も、マスターが折角出してくれたものだし、無駄にしたくない」

リヴィルはそれを舐め取られるままにしている。

だが少しだけくすぐったそうに体を揺らした。

「ん――」

そうして思わず漏れ出たといった声が、何だか色っぽくて……。

こうした一連のやり取りが終わった後、二人はまた舌を、口を、その固い棒へと向かわせた。

「二人とも……そんなに良かったのか――」

俺は、恍惚とした表情を浮かべるラティアと。

寡黙ながら未知のものと出会えた興奮を微かに示すリヴィルに。

若干うんざりしながら尋ねた。

「──その〝棒アイス〟」

「はい‼　甘くて、冷たくて、こんなに美味しい物があるなんて、驚きです‼」

「うん……甘いのもそうだけど、少し酸味というか酸っぱさがあるのも、いいアクセントになってるんじゃないかな？」

「……そうか」

いい笑顔で答える二人を見て、俺はそっとソファーから立ち上がり、二階の自分の部屋へと向かう。

もう事の顚末をおわかりだろう。

──ただ二人がカ○ピス味の棒アイスを食べていただけである‼

俺がスッキリするなんてことはなかった‼

エロいことなんて一つもなかったのだ‼

むしろラティアたちの格好で、ムラムラ感が余計に増してしまっているほどである。

普通に俺が自分用に買ったアイスを冷凍庫から出して、あげただけなのに。

なぜかラティアが咥えるだけで、関与するだけで、卑猥な衣を纏った行為に感じてしまうから不思議だ。

しかもラティアに感化されてか、リヴィルまで無意識的になんかいけないことをしているように感じる。

――ラティアは、あの子は危険だ。

あの子は周りにムラムラ感を漂わせる、伝播(でんぱ)させる天賦(てんぷ)の才を有している。

なんてことだ、エロウィルスを体内に宿してやがるんだ。

テロリストならぬエロリストとは。

「くっ‼　身内が最大の脅威(きょうい)だとは‼」

……うん、何言ってんのか自分でも全然意味がわからん。

それだけ冷静さを失わされたということか。

俺は鋼(はがね)の意思で、何とか自我を保つ。

今夜、大丈夫だろうか……。

□◆□◆　□◆□◆　□◆□◆

『お願い‼　新海(にいみ)、もう終わったんなら手伝って‼』

テレビチャットの画面前で、逆井(さかい)は両手を合わせてそう頼んできた。

……わざわざそれ、テレビチャットを繋(つな)いでまで言わないといけないことかよ。

「……ええぇ。夏休みの課題ってさ、自分でやるもんなんだぜ？」

それに、そもそも面倒(めんどう)臭い気持ちもあり、それが完全に顔と口に出てしまう。

『ちょっ!?　そこを、そこをさ！　何とか、何とか!!』

「でもさ、逆井。お前他にも知り合いとか友達、沢山いるだろ。それこそガリ勉君にクネクネしながら頼んだら一発だろうに」

織部のいない今、ウチの学校で実質人気ナンバーワンは逆井だ。

悔しいが見た目もとびきり良いし、逆井目当ての男も多いだろう。

『はぁ!?　ってかクネクネって何だし！　ちょっ、そりゃいるけどさ……』

言い淀む逆井を見て、何か訳アリかと察する。

無言で先を促すと、言い辛そうにしながらも逆井は口を開いた。

『……その、さ。〝柑奈〟がいた頃は皆、柑奈の周りにいて、柑奈と話したくてアタシに言ってくる奴までいて……。でも、柑奈がいなくなってさ……』

……なるほど。

そうか、織部絡みか……。

それを言われると辛い。

織部が今どこにいて、何をしているのか知っているだけに。

『皆、まるで柑奈のこと、忘れたみたいに普通に過ごしてて……何かアタシ、他の人、頼るの、怖くなっちゃってて。あはは』

「………」

それは俺を頼る理由にはなっていない気がした。

……が、しかし。

逆井に織部のことを言ってやれない分、罪滅ぼしではないが……。

「はぁぁ……。今度、またラティアと何でもいい、他愛ない話でもしてやってくれ。それで手を打とう」

『えっ？　──あぁ‼　うん‼　えへへ、ありがとう新海ッ‼　マジで‼』

逆井はパァっと花が咲くような笑顔を浮かべる。

元が良いだけに、こっちが照れてしまう程の表情だった。

『ニシシっ、勿論ラティアちゃんとはそれがなくても、普通にお話しするから！　だからさ、新海っ、後でちゃんとお礼、送っとくね！』

通信を切る前に、そんな言葉を残す。

そして言葉通り、しばらくするとメールが届いた。

その残りの課題を、いつどこで受け渡すとかの事務的なこととは別に、添付ファイルがあった。

それを開くと──

「……アイツ、こんな暇あるんなら、少しでもさっさと片付けろよ」

際どい水着姿をした逆井の自撮り写真だった。

しかも水着の紐をあえて結んでおらず、腕で水着が零れ落ちるのを押さえているのだ。

これをどうしろってんだよ。

本当、そんな努力するくらいなら自分で宿題やってくれ……。

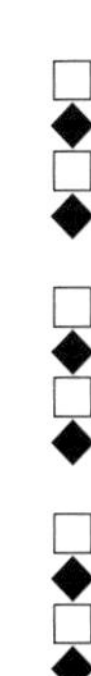

次の日の夜。

寝てスッキリした（変な意味でなく）頭で、ひったくって来た逆井の夏の課題をザッと片付けた。

「――マスターって、本当に不思議な人だね」

ＤＤ――ダンジョンディスプレイでダンジョンテレポーターを使用し。

俺はラティアとリヴィルを連れて、あの始まりの場所――〝廃神社跡〟付近に来ていた。

リヴィルは変化に乏しいその表情を最大限動かして、今のテレポートに関して感想を述べ、俺を見上げる。

「……そうか、ミステリアスでカッコいいか。これはこれからモテモテ間違いなしだな」

「ゴメン、ちょっとマスターが何言ってるかわかんないや」

ヒドい……。

ちょっとボケただけなのに。

リヴィルに凄いクールに流された。

「フフッ……ご主人様は、前から十分素敵でカッコいいですよ？」

「え、あ、いや……どうも」

ヒドい。

ボケなのに。

ラティアにマジの返しをされた。

……いや、待て。これはラティアの建前かもしれん。

〝こうしてフォローしておかないと、後で拗ねられても困ります。これしきでメンタルをやられるご主人様ですからね……――お可愛いこと〟

……ヤバい、黒ラティアが虫けらを見る目で俺を嘲る姿を想像してしまった。

しかも一瞬〝それもいいかも〟なんて思ってしまって……。

アホが極まってしまっている。

本格的に俺、ヤバいかもしれないな……。

「――で、私たちを連れ出した理由って何？　これからダンジョン攻略でもするの？」

「いやいや、こんな暗くなった中、それは流石にないって」

リヴィルから投げかけられた疑問に、すぐさま否定の言葉を返す。

そこまで俺ってブラックご主人様に見えているのだろうか。

ふむ……俺がラティアに黒ラティアの幻想を見るのと似たようなもんか……いや違うか。

「ちょっと待ってろ。もうすぐのはずだから――」

俺が腕時計と夜空に視線を行ったり来たりさせていると、丁度――

――ヒュルルル………ドンッ
腹に響くような爆発音と共に、明るい光が夜空を彩る。

夏の風物詩――花火だ。

今日、毎年恒例の花火大会が近くで催されているのだ。

「――えっ⁉　ひぃやぁ‼」

「っ⁉　何、敵襲⁉　マスター、ラティア、危ないから私の後ろに――」

「ああ、いやいや‼　違うから‼」

可愛い悲鳴を上げたラティアと、一瞬にして警戒モードに入ったリヴィル。

それを慌てて宥めて、俺は二人に空を見てみるよう促した。

「あれは〝花火〟っていってな……夏にこの世界というか、この国で見られるものだ」

次々と打ち上げられる花火が奏でる、その豪快な音の邪魔にならないよう。

俺は合間合間に、簡単な解説を加えた。

「火薬を沢山使ってな、ああやって様々な形や色を、夜空に打ち上げて表現するんだ。それを人々は見て、その景色を、季節を楽しむ」

「うぁぁぁ……」

「へぇぇぇぇ……」

俺の言葉に耳を傾けながらも。

二人は夏の夜空を飾る一瞬だけの明かりに、目を奪われていた。

良かった……気に入ってくれたようだ。

——もう夏休みもあと3日で終わる。

始まったときは、一人だった。

失踪したはずの織部と出会いはしたが、その織部もすぐに異世界へと旅立ってしまう。

その後、ダンジョンを攻略して。

ラティアと出会い。

逆井を助け出し。

リヴィルの問題を解決して、そうして今に至る。

まさかこんなことになるとは。

あの時は思いもしなかったが、でも。

「……これからもよろしくな、二人とも」

3人で、この場所に来れて、この景色を見られて、良かった。

花火が弾ける音に被さったかもしれないが、それでも構わなかった。

俺の決意というか、想いというか。

そういうものの再確認をするために呟いただけだったから。

それでも――

「――はい！　ご主人様‼」

「――うん、マスター」

それぞれ二人ともが、俺の声を聞き取ってくれた。

そしてちゃんとそれに答えてくれたのだ。

………逆にこれはこれで、ちょっと恥ずいな。

あとがき

はじめまして、歩谷健介と申します。

先ずは、この本を手に取ってくださり、そしてここまで読み進めてくださり、ありがとうございます。

この作品は『小説家になろう』に投稿していたもので、『集英社ＷＥＢ小説大賞』に応募して幸運にも奨励賞を頂き、出版させていただくことになりました。

ただ初めての方にも楽しんでいただけるよう色々と悩み、ああでもないこうでもないと考えながら多くのところで手を加えております。読んでくださった方の心に少しでも残る作品となっていましたら幸いです。

ボッチ思考が抜けない主人公と、可愛いヒロインたちとの絡み（※変な意味ではなく‼）は書いていて、自分でも楽しくなっていました。時には彼女たちの過去にピリッとする場面もありますが、それを乗り越えた先にある幸福な日常を楽しんでくだされば嬉しいです。

現実の日常は辛いことも多いですからね……本やライトノベルを読んでいる時くらいは癒さ

れていいと思います！

お話を頂いた当初はあまり実感がなく、生来の疑り深さが発揮され、自分自身に「本当の話なんだろうか？　本当に出版になるのかな？」と囁きかけることもありました。しかし、打ち合わせや具体的な中身の話を重ねる毎に現実味を帯びてきて、『出版』という二文字が輪郭を持ってきました。

担当してくださった編集者様には、私の物知らず故の的外れな質問でお手を煩わせることも多かったかと思います。にもかかわらず呆れることなく、作品のためにと根気強く話し合いの機会を設けてくださいました。熱意をもってこの作品の出版に向けて動いてくださっているのが伝わってきて、私もとても前向きに頑張ることができました。

また、イラストを担当して頂いたてつぶた様には本当にいつまでも見ていられる程の素敵なイラストを沢山描いていただきました。ヒロインたちが文字の中だけでなく、具体的な形を持って、とても可愛く魅力ある姿で目の前に現れてくれた時の衝撃と感動は、今でも忘れられません……。

内容上、地球側のヒロインと異世界から来たヒロインたちと、タイプの違う少女たちを描いていただくことになったのですが、どちらも共にその特徴を余すことなく活かして描かれていて、本当に、感謝の気持ちしかありません。

加えて、私が具体的にお名前などを認識していないだけで、この作品が出版できるまでには他にも沢山の方のご協力・お力をいただいているのだと思っています。私には勿論、製本の技術も設備もありません。文章を細かく検めるノウハウだって有していません。他にも欠けることが沢山ありますので、ご協力いただいた方々のお力あってこそ、最終的に出版にまで至ることができたのだと思います。

この場を借りて、この作品に関係いただいた全ての皆様にお礼を申し上げたいと思います。ありがとうございました。

そして最後に読者の皆様。数ある中でこの作品を手に取り、そして読んでくださって本当にありがとうございました。少しでも皆様に楽しいお話・時間をお届けできたのであれば嬉しいです。

ありがとうございました、また皆様とお会いできる機会がございましたら幸いです。

歩谷 健介

ダッシュエックス文庫

攻略難易度ハードモードの地球産ダンジョン
〜ボッチが異世界の少女たちと、余裕で攻略するそうです!〜

歩谷健介

2021年 4 月28日　第1刷発行

★定価はカバーに表示してあります

発行者　北畠輝幸
発行所　株式会社　集英社
〒101−8050　東京都千代田区一ツ橋2−5−10
03(3230)6229(編集)
03(3230)6393(販売／書店専用) 03(3230)6080(読者係)
印刷所　株式会社美松堂／中央精版印刷株式会社
編集協力　梶原 亨

本書の一部あるいは全部を無断で複写複製することは、
法律で認められた場合を除き、著作権の侵害となります。
また、業者など、読者本人以外による本書のデジタル化は、
いかなる場合でも一切認められませんのでご注意ください。
造本には十分注意しておりますが、乱丁·落丁(本のページ順序の
間違いや抜け落ち)の場合はお取り替え致します。
購入された書店名を明記して小社読者係宛にお送りください。
送料は小社負担でお取り替え致します。
但し、古書店で購入したものについてはお取り替え出来ません。

ISBN978-4-08-631413-8 C0193
©KENSUKE HOTANI 2021　　Printed in Japan

「きみ」のストーリーを、

「ぼくら」のストーリーに。

集英社
ライトノベル
新人賞

募集中!

ダッシュエックス文庫が主催する新人賞「集英社ライトノベル新人賞」では
ライトノベル読者へ向けた作品を募集しています。

大賞	金賞	銀賞	審査員特別賞
300万円	50万円	30万円	10万円

※原則として大賞作品はダッシュエックス文庫より出版いたします。

1次選考通過者には編集部から評価シートをお送りします!

第11回締め切り：2021年10月25日（当日消印有効）

最新情報や詳細はダッシュエックス文庫公式サイトをご覧下さい。

http://dash.shueisha.co.jp/award/